통조림을 열지 마시오

TINS

Copyright ⓒ Alex Shearer 2006
All rights reserved.

Korean translation copyright ⓒ 2011 by Mirae Media & Books, Co.
Korean translation rights arranged with MACMILLAN CHILDREN'S BOOKS, London
through EYA(Eric Yang Agency).

이 책의 한국어판 저작권은 EYA(Eric Yang Agency)를 통한 MACMILLAN CHILDREN'S BOOKS 사와의
독점계약으로 한국어판권을 '미래엠앤비' 가 소유합니다. 저작권법에 의하여 한국 내에서 보호를 받는
저작물이므로 무단전재와 복제를 금합니다.

알렉스 쉬어러 지음
정현정 옮김

미래인

통조림을 열지 마시오

1판 1쇄 펴낸날 2011년 11월 20일
1판 11쇄 펴낸날 2024년 6월 10일

지은이 알렉스 쉬어러
옮긴이 정현정
펴낸이 김민지

펴낸곳 미래M&B
등록 1993년 1월 8일(제10-772호)
주소 04030 서울시 마포구 동교로 134 미진빌딩 2층
전화 02-562-1800(대표)
팩스 02-562-1885(대표)
전자우편 mirae@miraemnb.com
홈페이지 www.miraeinbooks.com
블로그 blog.naver.com/miraeibooks
인스타그램 @mirae_inbooks

ISBN 978-89-8394-683-6 (03840)

＊잘못 만들어진 책은 구입처에서 바꾸어 드립니다.
＊미래인은 미래M&B가 만든 청소년, 성인을 위한 브랜드입니다.

섬뜩하고 기분 나쁘지만 읽기를 그만두는 건 불가능함.
다 읽으면 콩조림 따기가 두려워질지도 모름.

차례

1부

1장 라벨 없는 통조림 **011**
2장 고독한 수집가 **020**
3장 50번째 통조림 **031**
4장 금 귀걸이 **040**
5장 손가락 통조림 **050**
6장 꼬리에 꼬리를 무는 의문 **065**

2부

7장 동지를 만나다 **077**
8장 귀 통조림 **092**
9장 모험은 계속되어야 한다 **105**
10장 결정적 단서를 찾다 **115**
11장 문제의 일련번호 **123**
12장 콩, 콩, 콩 **136**

3부

13장 통조림, 통조림, 통조림   **147**

14장 사라진 아이   **161**

15장 라벨 편지   **177**

16장 샬롯의 모험   **196**

17장 아이 로봇 혹은 좀비   **212**

18장 사라진 딤블스미스 부부   **233**

에필로그   **241**

옮긴이의 말   **246**

PART ONE
1부

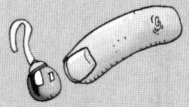

퍼갈 밤필드의 일기

비밀일기.

관계자 외엔 읽을 수 없음. 퍼갈 밤필드 외엔 모두 비관계자임.

지금 당장 일기장을 닫지 않으면 관에 들어가게 될 것임.

3월 15일, 일기에게

귀찮아서 매일 쓸 수가 없어. 생각날 때마다 가끔씩 쓰게 되는 것 같아. 너도 알겠지만 1월 이후 처음 쓰는 일기야. 이상한 꿈을 꿔서 여기에 써두려고.

밤에 자다 깼는데 벽이랑 사방이 온통 은색 철인가 스테인리스인가 하는 걸로 덮여 있는 거야, 통조림처럼.

내가 정어리로 변한 건 아닌가 걱정했는데, 다행히 아니었어.

가끔은 정말 어떻게 생각해야 할지 모르겠는 꿈을 꿀 때가 있어. 언젠가 그, 뭐지, 정신병…… 정신병원 의사 선생님한테 가봐야겠어.

어쨌든 그게 다야. 별일은 없어.

내 삶은 좀 지루한 것 같아.

재미있는 일이 없어.

1장
라벨 없는 통조림

 우표도 아니고, 스티커도 아니었다. 엽서도, 모형 비행기도, 시리얼 봉지에 든 보너스 장난감도 아니었다. 축구선수의 사진도, 화석도, 영화 포스터도, 이베이(온라인 경매 사이트:옮긴이)에 올라오는 경매품도, 공상과학소설도 아니었다. 동전일 수도 있었다. 혹은 유명 인사의 사인일 수도. 하지만 아니었다.
 통조림.
 이유는 단 하나, 퍼갈 밤필드가 '기발한' 아이이기 때문이었다.

 '기발하다' 라는 꼬리표는 퍼갈에게 여간 거슬리는 게 아니었다. 벽돌로 가득 찬 가방처럼 퍼갈의 마음을 무겁게 짓누르곤 했다.
 퍼갈이 멍청한 건 아니었다. 사실 '멍청하다' 라는 수식어와는 꽤 거리가 멀었다. 할 줄 아는 것도 많았고, 시험을 쳐도 평균 이상의

점수를 받았다. '기발하다'라는 수식어의 기원은 바로 퍼갈의 괴짜 같은 외모에 있었다. 헤어젤 한 사발을 갖다 바른다 해도 절대 정리하지 못할 이리저리 뻗친 머리칼이며, 눈과 머리(사람들의 눈에는 뇌)를 실제보다 훨씬 커 보이게 하는 안경. 덕분에 사람들이 보는 퍼갈의 전체적인 인상은 '미친 교수의 조수'(혹은 '교수의 미친 조수')를 닮게 되었다.

괴짜 천재처럼 생긴 사람은 괴짜 천재여야 한다는 게 일반적인 사회 통념인 것 같았다. 외모로 모든 것을 판단하는 거다. 결국 퍼갈은 천재성을 지닌 별난 아이로 인식되었다. 퍼갈은 그게 싫었다. 맞는 소리도 아닌 데다, 그 수식어에 갇혀 기발한 행동과 기발한 말을 해야만 할 것 같은 부담도 싫었다.

그래서 찾은 해결책이, 사람들이 가까이할 수조차 없는 심한 괴짜 짓을 하는 것이었고, 이것이 바로 통조림 수집의 발단이 되었다.

퍼갈은 어딘가 숨을 곳이 필요했다. 다른 사람과 공유하고 접촉하게 되는 취미가 아닌, 그런 소통을 차단해주고 막아줄 수 있는 취미. 그게 바로 통조림 수집이었다.

희귀한 통조림을 모으는 건 아니었다. 남극과 북극 탐험 등에서 쓰였던 오래되고 역사 깊은 통조림이나, 외국에서 온 통조림, 알록달록한 통조림을 원하는 게 아니었다. 아무 때고 볼 수 있는 평범하고 단순한 일반 통조림이면 되었다.

다만, 상표 라벨이 없어야 했다.

왜 다른 것도 아니고 하필 통조림이었는지는 퍼갈도 모른다. 잔디밭의 버섯처럼 갑자기 생각이 떠올랐을 뿐이다.

밤필드 부인을 따라 마트에 와서 지겹게 이곳저곳 돌아다니고 있을 때였다. 흠집이 난 과자 갑, 구겨진 시리얼 상자, 혹은 유통기한이 이미 지났거나 가까워지고 있는 물건들 따위를 진열해놓은 작은 가판대가 눈에 들어왔다.

'세일 바구니, 전 상품 파격 할인'이라고 쓰여 있었다.

퍼갈은 그중 몇 개를 집어 살펴보았다. 일부는 사람들의 관심을 받지 못한 인기 없는 세품이라는 것 빼고는 흠잡을 데가 전혀 없어 보였다. 한 플라스틱 병에 붙은 라벨에는 이렇게 쓰여 있었다.

바나나-치즈 맛 밀크셰이크.

퍼갈은 재빨리 병을 세일 바구니 안에 던져 넣었다.

바나나-치즈 맛이라니. 우웩! 아무도 사 가지 않은 이유가 있었다. 한 번 샀다 해도 두 번은 사지 않을 것 같은 음료수였다.

그러던 중 퍼갈은 바구니 아래쪽에서 반짝이는 은빛의 무언가를 보게 되었다. 구겨진 시리얼 상자들과 곧 상할 것 같은 빵 봉지 밑에 반쯤 가려져 있는 모양이, 마치 개울 바닥의 갈대와 돌 사이에 숨어 있는 송어 한 마리 같았다. 금방이라도 달아날 듯이 수면 아래서 반짝이는 은빛 물고기를 바라보는 낚시꾼의 기분이 바로 이럴 거다. 도망치기 전에 얼른 낚아 올리고 싶었다.

퍼갈은 다른 낚시꾼이 먼저 낚아 올리기 전에 잽싸게 반짝이는 그것을 잡았다. 흥미로운 미지의 물체를 제대로 한번 살펴보지도 못한 채 놓치고 싶진 않았다.

퍼갈은 집어 올린 물건을 자세히 들여다보았다. 통조림이었다. 평범하기 그지없는 통조림. 그런데 한 가지 특이한 점이 있었다. 상표 라벨이 없었다.

붙어 있는 거라곤 '세일'이라는 단어와 할인 가격이 인쇄된 동그란 스티커가 전부였다.

값은 쌌다. 아주 쌌다. 동전 몇 개로 살 수 있을 정도였다. 하긴 그러니까 세일 바구니에 담겨 있었겠지.

"엄마."

밤필드 부인은 수입식품 코너에서 직원의 안내를 받고 있었다.

"무슨 일이니, 퍼갈?"

"이게 뭐예요?"

"통조림 말이니?"

"라벨이 없어요."

"그래, 그래서 세일 바구니에 담겨 있는 거야."

"왜요?"

"라벨이 어쩌다 떨어졌나 보지. 운송 중에 찢어지거나 해서 말이야. 아니면 처음부터 붙어 있지 않았거나. 마트에선 이런 물건들을 싼 값에 판단다."

"이 안에 뭐가 들어 있을까요?"

"그게 문제란다, 퍼갈. 뭐가 들어 있을지는 운에 맡겨야 해. 일종의 도박인 셈이지."

도박이라니. 순간 여태까지 도박을 해본 적이 없다는 사실이 머릿속을 스쳤다. 복권을 사거나 인터넷으로 카지노 게임을 하거나 도박장을 드나들기에 퍼갈은 아주 많이 어렸다. 하지만 이번에는 달랐다. 손만 뻗으면 할 수 있는 실생활 속의 도박이었다.

밤필드 부인은 시큼하게 생긴 퍼런색 치즈를 골라 쇼핑카트에 집어넣었다. 수입식품 코너에서 쇼핑을 끝낸 부인이 다른 코너로 이동하는 바람에, 퍼갈은 그 라벨 없는 통조림을 얼른 제자리에 던져 넣고 엄마를 졸졸 따라가야 했다. 하지만 그러는 동안에도 마음은 계속 통조림에 머물러 있었디.

"엄마."

"왜?"

"안에 뭐가 들어 있을까요?"

"뭐 말하는 거야?"

"통조림요."

"통조림?"

"아까 세일 바구니에 있던 라벨 없는 통조림 말예요."

"뭐든 들어 있을 수 있지. 보통 통조림에 들어가는 것들 있잖니. 예를 들어 콩, 올리브, 옥수수, 당근, 감자, 완두콩, 토마토 수프······."

"토마토 수프요?" 퍼갈은 토마토 수프를 좋아한다. "정말 그럴까요?"

"그럼, 그럴 수도 있지." 부인이 대답했다. "하지만 개 사료일 수도 있단다."

"개 사료요?"

"그럴 수도 있다는 거지."

개 사료는 그다지 달가운 음식이 아니다. 하지만 개한테는 달가울 테니, 어쨌든 통째로 버리게 될 일은 없을 거다. 퍼갈네 집에 개가 있는 건 아니다. 퍼갈은 고양이를 키운다. 그래도 이웃 누군가는 개를 키우고 있을 게 아닌가. 그럼 그 개한테 주면 되는 거다.

물론 그건 사게 되었을 때의 이야기다.

엄마를 따라 마트를 한 바퀴 도는 내내 퍼갈의 머릿속엔 통조림 생각만 가득했다. 통조림을 사는 건 제비뽑기를 하는 거나 마찬가지다. 무엇이 기다리고 있는지 모르는 상태로 위험 부담을 떠안기. 일종의 모험이다.

그래, 모험이라고 보는 게 맞다. 놀랍고 맛있는 것이 들어 있을 수도 있고, 듣도 보도 못한 신기한 음식이 담겨 있을 수도 있다. 아니면 맛대가리 없는 완두콩 같은 것이 들어 있을 수도.

핫도그 소시지나 부드러운 쌀 푸딩이 들어 있으면 좋겠다고 퍼갈은 생각했다. 보통 아이들과 달리 퍼갈은 쌀 푸딩을 아주 좋아한다. 너무 좋아해서 문제일 정도로.

하지만 시금치가 들어 있으면 어쩌지? 세상에 시금치 통조림만큼 끔찍한 게 또 있을까?

우웩!

뽀빠이라면 통조림 안에 든 시금치를 보고 좋아하겠지. 하지만 마트 세일 바구니에서 사 온 은색 통조림을 기대에 부풀어 열었는데, 보이는 게 축축한 진초록의 채소뿐이라면? 일주일 내내 꿍한 기분으로 집에 틀어박혀 있어야 할지도 모른다.

그럼에도 퍼갈은 통조림을 사고 싶은 마음이 점점 간절해졌다. 열어 보기 전의 긴장감과 궁금증, 기대감을 맛보고 싶었다. 이제껏 한 번이라도 복권에 당첨되어본 적이 있던가?

저버리기 힘든 기회였다.

"잠깐만요, 엄마. 조금만 기다려주세요."

밤필드 부인이 계산대 앞에 막 줄을 서려던 참이었다.

"퍼갈! 어디 가는 거니? 맘대로 돌아다니면 안 돼!"

퍼갈은 부인의 목소리를 뒤로한 채 세일 바구니로 서둘러 되돌아갔다. 세일 코너 앞에서 한 할머니가 느릿느릿 바구니 안의 물건들을 살펴보고 있었다.

퍼갈은 가만히 할머니를 지켜보며 마음속으로 기도했다.

제발 그 통조림만은 가져가지 말아주세요. 제발 그것만은.

할머니가 손을 뻗어 통조림을 집어 들었다.

안 돼요, 안 돼! 사지 마세요! 가져가면 안 돼요!

돋보기로 찬찬히 통조림을 살펴보던 할머니의 입에 잔뜩 주름이 졌다. 도대체 통조림을 사려는 건지 마려는 건지, 표정만으로는 알 도리가 없었다.

내 거예요! 퍼갈은 속으로 외쳤다. 내가 먼저 봤으니까 내 거란 말예요! 제발 사지 마세요!

할머니는 통조림을 귀에 대고 흔들어보았다. 퍼갈은 그런 할머니를 보며 왜 진작 저렇게 해볼 생각을 못 했는지 자책했다. 통조림을 다루는 능숙한 모습을 보아하니, 저 할머니는 통조림을 흔들 때 나는 소리만으로 안에 뭐가 들었는지, 살 만한 물건인지 알아내는 세일 상품 구입의 달인일지도 모른다. 그렇다면 이 통조림은…….

할머니는 라벨 없는 통조림을 도로 세일 바구니에 집어넣었다. 그러고는 한쪽이 움푹 들어간 복숭아 통조림을 집어 가방에 넣었다.

"퍼갈!"

저 멀리 계산대에서 밤필드 부인의 목소리가 들려왔다. 퍼갈은 봐뒀던 통조림을 얼른 집어 들고 엄마가 있는 곳으로 달려갔다.

"그게 뭐니?"

"통조림요."

"라벨이 없잖아."

"알아요."

"그런 건 안 살 거야."

"전 사고 싶어요. 제 용돈으로 살게요."

"뭐? 그걸로 뭘 하려고?"

밤필드 부인이 반은 놀라고 반은 흥미로운 표정으로 퍼갈을 바라보았다.

"보관하게요. 아니면 열어볼 수도 있고요."

퍼갈이 평범한 아이라면, 밤필드 부인은 당장 통조림을 제자리에 갖다놓으라고 했을 거다. 하지만 부인은 퍼갈의 새로운 괴짜 행동을 천재성의 또 다른 증거로 보았다. 벌써부터 다른 엄마들한테 자랑하고 싶어 입이 근질거릴 정도였다.

"퍼갈이 통조림을 모으기 시작했어요."

"통조림요? 자선단체의 깡통저금통 같은 거 말인가요?"

"아뇨, 그런 게 아니라 진짜 통조림 말예요. 라벨이 없는."

"어쩜 그렇게 기발하고 재미있을까? 역시 퍼갈이네요."

"그러니까 말예요."

"너무 자랑스러우시겠어요."

"그럼요."

그래서 밤필드 부인은 너그럽게 고개를 끄덕이며 계산대 위의 다른 물건들 사이에 라벨 없는 통조림을 올려놓았다. 직원이 스캐너로 조그만 '세일' 딱지 스티커에 프린트된 바코드를 찍자 삑 소리가 나며 가격이 떴다.

퍼갈은 가격을 보고 주섬주섬 용돈을 꺼냈다.

"엄마."

"아니다, 퍼갈. 엄마가 사줄게."

하지만 퍼갈은 계속해서 자기가 사겠다고 고집 부렸다. 이 통조림이 수집의 시작이 될 텐데, 처음부터 다른 사람이 사주면 완벽한 자신만의 소장품이 되지 못할 테니까.

2장
고독한 수집가

 이미 열지 않기로 결심한 상태였다. 몇 개를 더 모은 후에나 천천히 고려해볼 생각이었다. 겨우 통조림 하나 가지고 제대로 된 수집품이라 부를 수는 없다. 두 개도, 세 개도, 네 개도 부족하다.
 그럼 몇 개를 모아야 하는 거지? 열두 개? 스무 개? 서른 개? 마흔 개? 쉰 개?
 일단 한 개로는 부족하다는 건 확실했다. 이건 시작에 불과했다.
 은빛으로 빛나는 통조림은 비밀을 가득 머금고 책상 위에 외로이 놓여 있었다. 퍼갈은 가만히 통조림을 관찰하다가 이따금씩 들어 올려 무게를 가늠해보곤 했다. 무거웠다. 중요한 정보일까? 내용물에 대한 일종의 실마리라고 볼 수 있을까? 뭐, 그리 큰 실마리 같진 않았다. 때로는 흔들어 소리를 들어보기도 했다. 물 같은 것이 찰랑거리는 소리가 나는 걸 보면 수프일 가능성이 컸다. 물론 아닐 수도 있고. 귤이 아닐까 생각해봤지만, 그러기엔 덩어리의 느낌이 전혀 나지 않았다.

그럼 뭘까. 맛있는 것? 역겨운 것? 통조림따개만 있으면 바로 알아낼 수 있다.

하지만 서두를 필요가 있을까? 왜 열어야 하지? 그랬다가 실망할 수도 있는데? 차라리 안에 든 내용물을 상상하는 편이 훨씬 낫지 않을까? 특이하고 이상한 것이 들어 있을 수도, 달콤하고 맛있는 것이 들어 있을 수도 있다. 통조림엔 별의별 게 다 들어 있으니까. 지난번 크리스마스 때는 마트에 갔다가 '지렁이 초콜릿 통조림'이란 걸 봤다. 음, 그것도 나쁘지 않을 것 같다. 지렁이 모양 초콜릿. 어쨌든 진짜 지렁이는 아니니까.

퍼갈은 통조림을 코에 갖다 댔다. 깡통 냄새가 났다. 내용물은 진공 상태로 완벽히 밀봉되어 있었다. 누군가 열기 전까지, 통조림은 영원히 비밀을 간직하리라.

빛에 비추어보았다. 통조림에 비친 퍼갈의 모습은 굴곡을 따라 제멋대로 휘어져 괴상한 생김새를 하고 있었다. 마치 사방이 거울로 뒤덮인 방에 홀로 서 있는 것처럼 보였다.

누군가 이렇게 말하는 게 상상되었다. "퍼갈, 쟤는 아주 특이하고 생각이 깊은 아이야. 라벨 없는 통조림들만 골라서 모은다니까."

그래, 퍼갈은 그저 통조림들을 수집하기만 하면 된다. 그렇게 생각하니 갑자기 마음이 홀가분해졌다. 이제부턴 '별나다, 천재기가 있다'는 다른 사람들의 평가와 기대치에 맞춰 특이한 짓을 하려 애

쓸 필요가 없다. 맘 편히 통조림만 모으면, 그걸 보고 사람들이 알아서 생각해줄 테니까. 통조림 뒤에 숨을 수 있는 거다.

"안녕, 퍼갈. 요즘 통조림 수집은 잘돼가?"

"뭐 재미있는 거 찾았어, 퍼갈?"

"퍼갈이라는 앤데 아주 신기한 애예요. 용돈을 통조림 사는 데 다 쓴다니까요."

밤필드 부인이 밖에서 정원을 가꾸는 동안, 퍼갈은 부엌에 통조림을 갖고 내려가 무게를 달아보았다. 연습장에 세로줄 몇 개를 그려 맨 왼쪽 칸에 '통조림 제1호'라고 쓰고, 둘째 칸에는 날짜(3월 23일)를, 셋째 칸에는 무게(496그램)를 적어 넣었다. 그러고는 서랍에서 밤필드 부인이 요리 재료를 표시하기 위해 사용하는 조그마한 라벨지를 꺼내 그 위에 '1호'라고 쓴 뒤, 통조림 바닥에 붙였다.

통조림과 연습장을 가지고 다시 방으로 올라온 퍼갈은 침대에 앉아 생각에 잠겼다.

일주일에 통조림을 하나씩 산다면? 한 달이면 벌써 네 개다. 1년이면 쉰두 개. 일주일에 두 개씩 산다면? 1년이면 백네 개다. 그 정도면 수집품이라고 불러줄 만하다.

퍼갈은 통조림 수집가를 위한 잡지가 있다면 어떨까 상상해보았다. 《주간 통조림》이나 《통조림 평설》 같은. 우표, 동전, 프라모델 같은 다른 취미들에는 모두 전문 잡지가 몇 개씩 딸려 있지 않은가.

혹시나 하는 생각에 퍼갈은 신문 가판대에 가서 통조림 잡지가 있나 기웃거려보았다.

없었다.

"통조림에 관련된 잡지는 없나요?"

가게 점원이 퍼갈을 멍하니 바라보았다. 머리에 문제가 있는 건지, 아니면 다른 아이들에 비해 유별나게 창의적인 건지 분간하고 있는 듯했다.

곧 점원은 대부분의 사람들과 같이 후자 쪽으로 생각을 굳히며 대답했다.

"미안하구나. 그런 잡지는 내가 알기론 없단다. 인터넷에서 한번 찾아보려무나."

집에 돌아온 퍼갈은 점원의 제안대로 인터넷에서 검색해보았다. 하지만 통조림 수집가를 위한 홈페이지 같은 것은 그 어디에도 없었다. 아무래도 통조림 수집가는 이 세상에 퍼갈 하나뿐인 듯했다.

통조림을 열 생각은 여전히 없었다.

"안 열어볼 거니?"

내용물이 조금은 궁금했는지 밤필드 부인이 물었다.

"네."

"앞으로도 계속?"

"열 수도 있겠죠. 하지만 나중에요. 지금은 아녜요."

그날 밤 퍼갈은 밤필드 씨에게 통조림을 가져가 보여주었다. 밤필드 씨는 아들의 새 취미에 감명을 받은 것처럼 보이려 최대한 애썼지만, 한눈에도 별 관심이 없다는 걸 알 수 있었다.

"아주 대단해, 퍼갈…… 대단해…….''

"그렇죠, 아빠?"

"응, 정말 대단해. 그런데……."

"네?"

"통조림 갖고 뭘 하려고 그러니?"

"음, 아무것도요. 그냥 갖고 있는 거예요."

"그냥?"

"네."

"그래, 뭐 어쨌든 훌륭하구나. 잘 해봐라."

말을 마친 밤필드 씨는 휙 자리를 떴다.

퍼갈은 살짝 짜증이 났다. 세상에 우표 수집하는 사람한테 "우표 갖고 뭘 하려고 그러세요?" 하고 묻는 사람이 있나? 그냥 모으고, 갖고 있는 것만으로도 충분히 가치가 있는 건데 말이다. 어째서 통조림은 이런 취급을 받는 거지?

하긴 어른들은 다 그렇다. 뭘 하든 간에 트집을 잡기 일쑤다.

퍼갈은 책장 꼭대기에 통조림을 올려놓았다.

그 주 토요일, 밤필드 부인이 장을 보러 마트에 갈 때, 퍼갈은 자기도 가겠다고 떼썼다. 그래서 모자는 여느 때와 같이 차를 타고 단골 마트로 향했고, 밤필드 부인이 카트를 몰고 안으로 들어서자마자 퍼갈은 꽃을 찾은 벌처럼 세일 바구니로 쪼르르 달려갔다.

하지만 금세 풀이 죽어 실망하고 말았다. 바구니에는 아무것도 없었다. 물론 찌그러진 통조림이나 구겨진 과자 갑들은 많았다. 문제는 라벨 없는 통조림이 단 한 개도 없다는 거였다.

퍼갈은 혹시 자기가 못 보고 지나친 건 아닐까 하는 생각에 몇 번을 더 뒤져보았다. 소용없었다. 아무리 찾아봐도 결과는 똑같았다.

매장 직원이 창고에서 수레에 상품을 잔뜩 싣고 나와 세일 바구니로 다가왔다. 퍼갈은 직원이 바구니를 새 물건들로 채우는 동안 잠시 주위에서 얼쩡거렸다. 하지만 거기에도 라벨 없는 통조림은 없었다. 유통기한이 가까워져 반값으로 할인된 국수 몇 봉지만 있을 뿐이었다.

퍼갈은 밤빌느 부인에게 돌아갔다. 벌써 카트가 반쯤 차 있었다.

"어디 있었니, 퍼갈?"

"아, 그냥 돌아다니고 있었어요."

부인은 시리얼 코너를 지나며 상자 몇 개를 카트에 담았다.

"무슨 일 있니? 평소치곤 좀 조용하네?"

"아무것도 아녜요."

세일 바구니에 통조림이 없을 수도 있다는 생각을 퍼갈은 한 번도 해본 적이 없었다. 그저 매주 하나씩 사서 수집품을 늘려나갈 궁리만 하고 있었다. 학교 수업이 지루하게 느껴질 때마다, 짜증나고 화나는 일이 생길 때마다, 새 통조림을 살 거라 생각하며 스스로를 위로해왔다.

그런데 통조림이 없어서 살 수 없다니.

그때 갑자기 좋은 생각이 떠올랐다.

"엄마."

"응?"

"다른 마트에 가보면 안 돼요?"

"다른 곳? 왜? 몇 년째 여기만 다녔잖아."

"예전에 비해 조금 안 좋아진 것 같아서요."

"아, 그래? 어떤 점에서?"

"물건 종류가 많이 없는 것 같아요."

"무슨 물건?"

"음, 그게…… 통조림요."

"통조림?"

"네, 통조림."

밤필드 부인은 얼굴을 찡그렸다. 가끔씩 아들의 언행이 심하게 특이해서 걱정될 때가 있었는데, 지금이 딱 그런 순간이었다. 나이에 비해 너무 독특했다. 아니, 사실 꼭 나이 때문이 아니라도 그랬다.

게다가 부인은 몇 년째 단골인 마트를 바꿀 생각이 전혀 없었다. 아무리 퍼갈이 원한다 하더라도.

"미안하지만, 난 아직도 여기가 서비스나 품질 면에서 좋다고 생각해. 또 포인트 적립카드가 있어서 이것저것 할인받을 게 많거든? 마트 바꾸는 건 아니라고 봐."

마트에 대한 논쟁은 그것으로 끝났다.

하지만 퍼갈의 통조림 수집은 끝나지 않았다. 끝보다는 전환점에 가까웠다. 한번 통조림을 모으기로 결심한 후부터, 그 무엇도 퍼갈을 막을 수 없었다.

도움도 필요 없었다. 사람들의 인정이나 이해도 필요 없었다. 진정한 통조림 수집가는 고독한 법이다.

퍼갈네 집은 퍼갈이 다니는 학교에서 가까웠다. 퍼갈은 종종 걸어서 통학했는데, 그 덕에 오가는 길에 마을 슈퍼에 들러 세일 바구니를 뒤져볼 수 있었다. 하지만 몇몇 슈퍼에는 아예 세일 바구니가 없었다. 있더라도 라벨 없는 통조림 같은 건 없는 슈퍼가 대부분이었다. 그래서 잔뜩 실망해 터덜터덜 걸어 나오기 일쑤였다.

그랬는데, 어느 순간부터 통조림들이 마구 나타나기 시작했다. 마치 가뭄 끝의 풍년 같았다. 몇 주 동안 하나도 보이지 않다가 가끔씩 서너 개가 동시에, 또는 가진 용돈으로 모두 값을 치를 수 없을 정도로 많은 양이 한꺼번에 발견되었다.

퍼갈의 수집품은 점점 늘어갔다.

얼마 후 책장 꼭대기가 통조림들로 가득 차게 되었다. 퍼갈은 그 통조림들을 일일이 닦아 번호를 달고, 하나하나 무게를 재어 상세한 정보를 수집일기에 기록해나갔다.

기분에 따라 배치를 바꿔보기도 했다. 어떨 때는 큰 것부터 작은 것 순으로, 또 다른 때는 그 반대로. 번호를 맞추어 구입한 순서대로 나열하기도 했다.

통조림이 스물다섯 개가 되었을 때, 그때까지 인내심을 갖고 지켜보던 부모님이 입을 열었다.

"이제 충분히 사지 않았니? 굳이 더 사고 싶다면, 몇 개 먼저 열어

보는 게 어때? 이제 책장에 자리도 없는데."

하지만 퍼갈은 그럴 생각이 없었다. 모으면 모을수록 열어보기 싫었다. 통조림 하나하나가 돈 같았다. 뚜껑을 여는 건 돈을 쓰는 것이나 마찬가지다. 게다가 연다 해도, 대체 뭘 열어야 하지? 어떻게 고르지? 또, 어찌어찌 골라서 하나를 열면, 다른 건 왜 못 열겠는가? 그럼 또 열고, 또 열고, 결국 다 열어버리면······

그러면 여태 모아온 수집품이 모두 사라지겠지. 고수해오던 취미 활동이 순식간에 증발해버리겠지.

그래서 퍼갈은 엄마의 충고를 무시하고 계속해서 통조림을 사들였다. 곧 책장 세 칸이 통조림으로 가득 찼다. 원래 그 자리에 있던 책들은 창문가로 쫓겨나고 말았다.

이로써 총 마흔여덟 개의 통조림이 모이게 되었다. 불과 몇 달밖에 안 되는 기간에 이렇게나 많은 통조림을 모은 거다.

그 주 금요일, 퍼갈이 통조림 하나를 또 사 오자, 더 이상은 안 되겠다고 생각한 밤필드 부인이 퍼갈을 불러 말했다.

"이제 더는 안 돼, 퍼갈. 미안하지만, 정말 더는 안 되겠어. 침실이 시장 바닥처럼 돼가고 있잖니? 왜, 쇼핑카트랑 장바구니도 갖다놓지 그러니?"

"안 지저분해요, 엄마. 책장에 깔끔하게 정리해놨는데요."

"그래, 그게 문제야. 책장에 책이 있어야지, 왜 통조림이 있어. 어쨌든 이젠 안 돼."

"하나만 더요."

"안 돼."

"하나만 더 사면 딱 쉰 개란 말예요. 지금까지 모은 건 개수가 홀수예요."

잠시 고민하던 밤필드 부인은 결국 고개를 끄덕였다.

"알았어. 그럼 딱 하나만 더 사는 거야. 그러고도 또 사고 싶으면, 원래 있던 통조림 중 하나를 열어야 해. 알겠지?"

"네." 퍼갈은 마지못해 대답했다. "알았어요."

그다지 마음에 드는 거래는 아니었다. 공평하지가 않았다. 그때까지도 이 계약이 얼마나 대단한 모험의 시작을 안겨줄지, 퍼갈은 알지 못했다.

하나만 더. 딱 하나만 더. 그렇다면 이번에는 신중히 선택해야 했다. 다른 것들과 비슷한 평범한 통조림 말고, 뭔가 색다르고 특이한 통조림. 다 같은 통조림들 중에서도 눈에 띄고 특출한 통조림. 특징적이고 사연이 있는 통조림.

퍼갈은 매우 까다로워졌다. 세일 바구니에 담겨 있거나 라벨이 붙어 있지 않다는 것만으로는 충분치 않았다. 신선하고 시선을 끄는 점이 있어야 했다.

몇 주가 흘러갔다. 벌써 라벨 없는 통조림 몇 개를 보았지만, 집에 있는 나머지 마흔아홉 개 통조림과 너무도 비슷한 것들뿐이었다. 물론 집에 모아놓은 수집품들도 크기나 무게별로 다양하긴 했다. 광택이 있는 것도 있었고, 기다란 것, 뚜껑에 손잡이가 달려 있는 것도 있었다. 하지만 귀한 우표처럼, 뭔가 확 차별화되는 부분이 있어야 했다.

그러던 어느 날, 마침내 찾아내고야 말았다. 집어 드는 순간부터 느낄 수 있었다. 이건 다르구나, 하고.

모양이 이상한 건 아니었다. 사실, 흔한 규격 사이즈였다. 너무나도 평범해서, 처음에는 건드려볼 생각조차 없었다. 그저 아래쪽에 다른 게 없나 찾아보려고 들어 올렸을 뿐이었다.

일단 일반적인 통조림들보다 심하게 가벼웠다. 콩이나 수프나 고기, 마카로니 치즈가 담긴 통조림은 확실히 아니었다. 비어 있는 건 아닌지 의심이 갈 정도로 가벼웠다. 하지만 안에 뭔가 들어 있는 건 확실했다. 그것만은 확신할 수 있었다. 왜냐하면……

흔들었을 때 달그락거리는 소리가 났기 때문이다.

3장
50번째 통조림

흔들었을 때 아무 소리 나지 않는 통조림도 더러 있긴 했다. 속이 꽉 차서 내용물이 움직일 공간이 없는 것이었다. 그 외 대부분의 통조림은 흔들어보면 딱딱하고 무거운 것이 굴러다니거나 물 같은 액체가 찰랑거렸다.

하지만 달그락거리는 소리는 이번이 처음이었다.

이것만은 반드시 사야겠다고 퍼갈은 생각했다. 세일 바구니 따위에서 썩어갈 만한 통조림이 아니다. 진정한 수집가를 위한 통조림이다. 진정한 수집가가 아니라면, 누군가 사 간다고 해도 이 통조림의 특별함을 알아주지 못할 거다. 통조림계의 페니블랙(영국에서 발행된 세계 최초의 우표:옮긴이)이라고나 할까.

하나 더 찾았다는 기쁨에 온몸에 전율이 흐르고 소름이 돋았다. 하지만 동시에 왠지 모르게 불안하고 걱정이 되었다.

퍼갈은 통조림을 집어 들고 주위를 둘러보았다. 혹시 누가 오고 있는 건 아닌가? 나보다 먼저 이걸 봐둔 사람이 오고 있으면 어쩌지? 다행히 아무도 보이지 않았다. 이 통조림은 이제 내 거다. 계산만 하면 된다.

퍼갈은 서둘러 계산대로 달려가 통조림을 컨베이어벨트에 올려놓았다. 계산원이 컨베이어벨트를 타고 온 통조림을 집어 들었다.

"살 건가요?"

퍼갈은 고개를 끄덕였다.

"엄청 가볍네요."

퍼갈은 또다시 고개를 끄덕였다. 혹시나 내용물이 위험하고 나이에 맞지 않는다며 빼앗아 가면 어쩌나 걱정되기 시작했다.

"안에서 뭐가 달그락거리네."

"네……."

퍼갈은 대충 얼버무렸다.

계산원은 통조림을 귀에 대고 흔들어보았다. 퍼갈은 눈에 불을 켜고 그 모습을 초조히 지켜보았다.

'너무 세게 흔들면 안 돼요. 깨질 수도 있어요!' 퍼갈은 속으로 소리쳤다.

계산원은 가격이 적힌 스티커를 찾아 통조림을 이리저리 돌려보았다.

"이건 바코드가 없네."

그러더니 계산대 옆의 상품 가격 목록을 찬찬히 살펴본 후 통조림을 '잡화' 항목으로 분류해 넣었다.

퍼갈은 집에서 가져온 용돈을 계산원에게 내밀었다.

"비닐봉지 필요해요?"

"아뇨."

"여기 거스름돈입니다. 즐거운 하루 보내세요."

계산을 무사히 마친 퍼갈은 통조림을 품에 꽉 껴안고 서둘러 집으로 향했다. 가는 내내 이따금씩 통조림을 흔들어 달그락거리는 소리를 들어보았다.

뭐가 들어 있는 걸까? 대체 뭐기에 이렇게 기볍지? 공장에서 포장할 때 실수로 내용물을 빠뜨린 걸까?

아마 공정상에 문제가 있었을 거라고 퍼갈은 추측했다. 내용물이 나오는 호스가 막히는 바람에, 꽉 차야 할 통조림이 조금밖에 차지 못했을 거다. 그런데 품질관리인이 그걸 발견하지 못해, 그대로 시중에 유통됐을 거다. 라벨은 운반이나 처리 과정에서 실수로 뜯겨 나갔을 테고, 그래서 결국 세일 바구니에 담기게 됐을 거다. 꽤 그럴싸한 시나리오다. 그렇다면 대체 뭐가 들어 있는 걸까?

그 순간, 또 다른 생각이 퍼갈의 머리를 스치고 지나갔다. 원래 이런 통조림일 수 있다는 거였다. 공정상에 실수가 생긴 게 아니라, 애초에 달그락거리도록 만들어진 통조림. 요즘 새로 나온 신개념 제품일 수도 있지 않은가? 가끔 크리스마스나 생일 선물용으로 속옷이나 바지, 양말이 담긴 통조림을 팔기도 하니 말이다.

언젠가 '스코틀랜드 산 안개'가 담겨 있다는 통조림을 본 적이 있었다. 라벨에는 '깨끗한 이른 아침의 안개, 스코틀랜드 협곡의 신선한 공기를 그대로 담았습니다'라고 쓰여 있었다.
 더 신기한 건 그걸 사는 사람들이 있다는 거였다.

 "또 사 왔니, 퍼갈?"
 차를 닦던 밤필드 씨가 퍼갈이 들고 온 통조림을 못마땅한 표정으로 내려다보며 물었다.
 "네, 아빠."
 "이번이 마지막이다, 알겠지?"
 "어, 네, 아마 그럴 거예요."
 "원래 있었던 걸 버리면 허락해주마. 새로 사려면 처음에 사 왔던 걸 열어봐야지, 안 그러니? 쉰 개까지만이야. 사실 쉰 개도 좀 많은 편이지만."
 "네."
 그러면서도 퍼갈은 속으로 '아뇨'라고 대답했다. 백 개도 넘는 통조림을 갖고 사는 사람도 있는데 고작 쉰 개가 많다니! 가뭄이나 전쟁이 일어났을 때를 대비해 창고에 잔뜩 쌓아두기도 하지 않는가. 퍼갈은 가족들이 마트에 가지 않고 얼마나 버틸 수 있을지 생각해보았다. 아마 일주일이면 음식이 바닥나 길가에 자라는 버섯을 캐 먹어야 할지도 모른다.
 '허리케인이 오거나 외계인이 지구를 침공하거나 해야 사람들이 통조림의 가치를 알아주겠지.'

퍼갈은 방에 가서 새로 사 온 통조림을 책상 위에 내려놓았다. 소매로 표면을 반질반질하게 닦은 퍼갈은 줄자로 둘레를 재어 수집일기에 기록하고 부엌에 가서 무게를 달아보았다.

여태 모아온 쉰 개의 통조림 가운데 가장 가벼웠다. 기록이었다. 신기록을 달성한 거다.

잠시 벅찬 감정이 갑작스레 퍼갈의 마음을 스치고 지나갔다. 여태껏 통조림이란 벽으로 세상과의 소통을 등지고 살아왔는데, 이제는 이런 기쁨과 재미, 호기심과 두근거리는 감정을 함께 나눌 수 있는 친구가 필요했다.

이런 통조림을 찾았다는 것 자체가 신대륙 발견이나 우주 탐험만큼 대단한 것 아닌가. 아무도 걷지 않은 길을 가고 있으니 말이다.

"왔니, 퍼갈?"

밤필드 부인이 물뿌리개를 들고 싱크대로 다가왔다. 식물들에게 물을 줄 시간이 된 모양이었다.

"오늘은 재미있었니?"

"네."

"뭐 하고 놀았어?"

"마트에 갔어요."

퍼갈은 주저하며 은색 통조림을 내밀어 보였다.

"새 통조림을 사 왔어요."

부인은 새 수집품에 눈길조차 주지 않았다.

"그래, 잘했구나."

그러고는 물뿌리개에 물을 채운 뒤 거실을 지나 몬스테라 화분 쪽으로 걸어갔다.

'그래, 잘했구나' 라니.

퍼갈은 억울하고 서운한 마음에 엄마의 뒷모습을 가만히 지켜보았다.

'그래, 잘했구나' 라니!

그게 다였다. 전혀 관심이 없었다. 오히려 무시에 가까웠다. 역시 어른들은 다 똑같다. 남에게 소중한 것을 아무것도 아닌 듯 치부해 버린다.

'그래, 잘했구나' 라니!

퍼갈은 이 상황을 믿을 수 없었다. 통조림을 보고도 어떻게 그래요, 엄마! 이렇게 소리치고 싶었다. 통조림이 저한테 얼마나 중요한데요. 게다가 이건 달그락거리는 소리가 난단 말예요. 얼마나 희귀하고 특별한 통조림인지 아세요? 이거 한번 열면, 인생이 바뀔 수도 있다고요. 따개를 통조림 가장자리에 밀어 넣고, 뚜껑이 완전히 떼어지지 않을 만큼만 손잡이를 돌리고, 조심조심 뚜껑을 살짝 들어 올리면…… 그 안에 아마도……

아마도?

뭐가 있을까? 대체 뭐가 있을 수 있을까? 만약 통조림을 열어버리면, 더 이상 비밀스럽게 설렐 일도 없다. 오히려 실망할 가능성이 크다. 수수께끼 같은 신비로움과 불확실한 추측, 정확한 사실과 실망의 가능성 중 무엇이 더 나은 걸까?

쉽게 결정내리기 어려운 질문이었다. 퍼갈은 수집일지에 통조림의 무게를 마저 기록하고 다시 방으로 올라가 책장 위의 다른 통조림들 옆에 새것을 내려놓았다.

퍼갈은 침대에 누워 여태껏 모아온 수집품들을 감상했다. 라벨 없는 통조림 쉰 개. 몇 개는 은색, 몇 개는 회색이었다. 굴곡이 있는 것도 있었고, 매끈한 것도 있었다. 지금 퍼갈의 눈앞에 있는 건 쉰 개의 아직 풀리지 않은 소소한 수수께끼, 퍼즐이었다.

"원래 있었던 걸 버리면 허락해주마. 새로 사려면 처음에 사 왔던 걸 열어봐야지, 안 그러니? 쉰 개까지만이야. 사실 쉰 개도 좀 많은 편이지만."

하지만 지금 와서 그만두는 건 애석한 일이다. 그럼 더 이상 사립탐정처럼 마트를 누빌 일도 없고, 특별한 통조림을 찾아 돌아다니는 짜릿함이나 흥분도 느낄 수 없을 거다.

좋다. 새로운 하나를 위해 원래 있던 통조림 하나를 열기로 퍼갈은 결심했다. 어느 것을 열어야 할까?

퍼갈은 눈을 감았다.

코카콜라 맛있다. 맛있으면 또 먹지…….

퍼갈은 한쪽 눈을 살짝 뜨고 자기 손가락이 가리키는 통조림을 바라보았다.

저 통조림? 딱 봐도 스펀지 푸딩이 들어 있을 것같이 생긴 저 크고 둥그런 통조림?

아니, 아니다. 아무래도 아닌 것 같다. 다시 해야겠다.

코카콜라 맛있다. 맛있으면 또······.

이번에는 저거? 누가 깔고 앉았다 일어난 것같이 생긴 저 땅딸막하고 뚱뚱한 통조림?

이것도 아닌 것 같다. 다시 해봐야지.

코카콜라 맛있다. 맛있으면 또 먹지.

또 먹으면 배탈 나. 배탈 나면 병원 가.

척척박사님, 알아맞혀주세요!

딩, 동, 댕, 동!

노래를 끝냄과 동시에 퍼갈은 움직이던 손가락을 멈추었다.

손가락은 새로 사 온 통조림을 가리키고 있었다. 저걸 열면 하나를 새로 사 올 수 있다. 통조림이 왜 그렇게 가벼운 건지, 안에서 나는 달그락 소리가 무엇 때문인지도 밝혀낼 수 있다.

퍼갈은 책장에서 통조림을 집어 와 다시 부엌으로 향했다.

부엌에는 아무도 없었다. 하긴 아무도 없어야 한다. 주위를 어슬렁거리는 사람도, 엿보는 사람도 있어서는 안 된다. 통조림을 여는 이 순간만큼은 혼자이고 싶었다.

퍼갈은 창문으로 가족들이 어디서 뭘 하고 있는지 살폈다. 밤필드 씨는 세차를 막 끝내고 수건으로 물기를 닦는 중이었고, 밤필드 부인은 정원 끝자락에서 나무를 심고 있었다. 고양이 앵거스만이 부엌 창틀에 앉아서 퍼갈을 호기심 가득한 표정으로 관찰하고 있었다. 퍼갈은 창문을 두드려 앵거스를 쫓아냈다.

고양이가 사라진 뒤 퍼갈은 찬장 서랍에서 나비 모양 통조림따개를 꺼냈다. 다른 사람이 통조림을 여는 건 많이 봤지만, 이렇게 직접 통조림따개를 사용하는 건 처음이었다. 뚜껑에 날카로운 끝부분을 찔러 넣는 것만 세 번을 시도해야 했다. 간신히 따개를 끼워 넣은 퍼갈이 나비 모양 손잡이를 천천히 돌리자, 뚜껑이 갈라지며 틈새가 벌어지기 시작했다. 안에 커다란 것이 들어 있을 것 같진 않았기 때문에 퍼갈은 뚜껑을 안으로 밀어 열고 잽싸게 조리대 위에 뒤집었다. 그러고는 잠시 동안 마음의 준비를 한 다음 서서히 통조림을 들어 올렸다.

통조림 안에 들어 있는 것을 들여다보는 순간, 흥분되고 설레는 동시에 오싹함에 소름이 끼쳤다. 조리대 위에는 통조림에서 나왔다고는 절대 예상할 수 없을 물체가 떨어져 있었다.

바로 금이었다.

4장
금 귀걸이

갑자기 왠지 모를 죄책감이 들었다. 퍼갈은 다시 창밖을 살피며 집으로 돌아오는 사람이 없는지 확인했다. 어떻게든 비밀로 몰래 가지고 있어야겠다는 생각이 들었다. 이유는 퍼갈도 몰랐다. 우습게도 뭔가 잘못한 것 같은 느낌이 계속해서 들었다. 마치 훔친 금을 주운 기분이었다.

하지만 주운 사람이 임자라는 말도 있지 않은가?

퍼갈은 손을 뻗어 금 조각을 만져보았다. 일종의 장신구처럼 보였는데, 조그맣고 별다른 장식 없이 한쪽 끝이 뾰족했다. 무언가에 찔러 넣거나 고정시킬 때 쓰는 것 같았다.

귀걸이인가?

퍼갈은 금 조각을 집어 왼손바닥에 올려놓고는 이리저리 굴리며 자세히 살펴보았다. 금은방에 팔면 얼마나 받을 수 있을까 궁금해졌다. 물론 크기 때문에 비싼 값을 기대할 순 없을 거다. 하지만 열 개, 스무 개, 쉰 개, 백 개가 모이면? 꽤 값어치가 나갈 게 분명하다.

퍼갈은 조리대 위에 있는 빈 통조림을 손으로 납작하게 눌러 분리수거함에 버린 뒤, 금 조각을 들고 정원으로 나갔다. 출처만 밝히지 않는다면 다른 사람들한테 보여주는 게 오히려 더 안전할 수도 있겠다는 생각이 들었다.

"엄마."

꽃밭 옆에 무릎을 꿇고 앉아 있던 밤필드 부인이 고개를 들며 미소 지었다.

"그래, 퍼갈."

"엄마, 이게 뭐예요?"

퍼갈은 꼭 쥐고 있던 손을 펴 금 조각을 보여주었다.

"그게 뭐니?"

"저도 몰라요."

"어디 보자. 음, 어디서 났니?"

"아, 돌아다니다가 주웠어요."

적어도 거짓말은 아니었다.

"내 건 아닌 것 같다. 난 귀를 안 뚫었잖니? 그럼 아빠 것도 아닐 텐데."

"귀걸이예요?"

"그래. 잘 때 끼는 귀걸이."

"그게 뭔데요?"

"음, 뭐랄까. 처음 귀를 뚫었을 때 구멍이 막히지 않게 해주는 거야. 침 귀걸이는 조그매서 하루 종일 끼고 있어도 불편하지가 않아. 잘 때 껴도 베개에 쓸릴 일이 별로 없지. 그래서 잘 때 끼는 귀걸이라고 부르기도 해."

"그렇구나."

퍼갈은 손바닥 위의 침 귀걸이를 내려다보았다.

"그럼 여자들이 쓰는 거예요?"

밤필드 부인은 다시 미소를 지었다.

"꼭 그렇진 않아. 남자들도 귀를 많이 뚫잖니? 그리고 꼭 귀에 하는 게 아닐 수도 있어. 요즘엔 코를 뚫는 사람들도 있고, 입술도 뚫고, 혀도 뚫고…… 별 생각지도 못한 데를 다 뚫으니까."

갑자기 금 조각이 손에서 꾸물대는 것 같았다. 귀걸이까지는 상관없는데, 한때 남의 코나 입술을 뚫었었던 것을 만지고 있다고 생각하니 기분이 이상했다. 배꼽을 뚫은 사람을 보았던 기억이 퍼갈의 머릿속을 문득 스치고 지나갔다.

"비싼 거예요?"

"글쎄……."

밤필드 부인은 손을 뻗어 금 조각을 집었다.

"잘 모르겠지만, 비쌀 것 같지는 않구나. 금이긴 한데 너무 작아서……."

"이게 열 개가 모이면요?"

"열 개가 어디서 나겠니?"

"아니면 백 개요!"

"백 개?"

"제 말은, 그러니까 여러 개가 모이면 꽤 값어치가 있지 않을까요? 모아서 다 녹이면요."

"그럴 수도 있겠지. 그런데 그건 왜?"

"음…… 그냥 궁금해서요."

귀걸이를 돌려받으려고 퍼갈이 손을 내밀었지만, 밤필드 부인은 계속해서 금 조각을 살폈다. 고동색 원예 장갑 위에 놓여 있으니 귀걸이가 더욱 빛났다.

"그런데 어디서 주운 거니?"

"그게……."

통조림에 들어 있었다는 사실을 털어놓을 생각은 전혀 없었다. 왠지 통조림에 대한 언급은 피하고 싶었다. 어른들이 납득할 만한 이야기가 있고, 그렇지 않은 이야기가 있는 법이다. 가끔 진실을 말해도 "그럴 리가 없어. 그건 불가능하거든. 정말 확실한 게 맞니?"라는 대답만 돌아올 뿐이었다.

하지만 꼭 그것 때문에 말하기가 꺼려지는 건 아니었다. 단지 아무에게도 알리고 싶지 않을 뿐이었다. 이건 퍼갈 자신만의 이야기였다. 나만의 수수께끼, 나만의 비밀, 모험. 외부인, 특히 어른이 참견하는 건 더더욱 싫었다.

퍼갈은 잠시 꿍꿍이를 짜낼 시간을 벌기로 했다.

"네? 뭐라고 하셨어요?"

"어디서 주웠냐고."

"주워요?"

"그래."

"귀걸이요?"

"그래, 귀걸이."

거짓말은 하고 싶지 않았기 때문에 진실을 말해야 했다. 물론 꼭 처음부터 끝까지 다 말할 필요는 없었다. 지금 필요한 것은 진실의 일부분이었다. 숨길 것은 숨기면서, 거짓말은 아닌.

"음, 마트에서 주웠어요."

"아."

"그 선반에서요."

정확히는 책장 위지만, 물어보지 않으니 일부러 말할 필요는 없겠지?

"아."

부인은 엄지손가락과 집게손가락으로 귀걸이를 들어 올렸다.

"다시 갖다놔야 할까요? 아니면 마트 분실물 보관소에 갖다줘야 하나요? 아니면 경찰서에 가져갈까요?"

부인은 웃으며 퍼갈의 손바닥에 귀걸이를 내려놓았다.

"아니, 퍼갈. 그럴 필요까진 없을 것 같구나. 이렇게 조그만걸. 잃어버린 걸 알더라도 굳이 찾을 사람은 없을 것 같다. 새것을 사러 가겠지."

"그럼 가져도 돼요?"

퍼갈은 살짝 떨리는 목소리로 물었다.

"문제될 건 없을 것 같은데."

"고맙습니다!"

"고맙긴 뭘. 네가 찾은 거잖니, 퍼갈."

뒤돌아 집으로 돌아가려는데, 밤필드 부인이 퍼갈을 불러 세웠다.

"아, 그런데 퍼갈……."

퍼갈은 한순간 굳어버리고 말았다. 왜 부르는 거지? 결국 다시 갖다놔야 하나?

"네?"

"조심히 갖고 놀아라. 뾰족한 끝에 손을 찔릴 수 있으니까."

"걱정 마세요. 조심할게요."

퍼갈은 부엌으로 뛰어 들어가 문을 닫았다. 그러고는 싱크대에 가서 뜨거운 물로 귀걸이를 씻었다.

물로 씻자 꺼림칙하던 기분이 조금은 사라졌다.

자기 방으로 돌아간 퍼갈은 종이를 꺼내 그 위에 귀걸이를 올려놓았다. 앉아서 가만히 귀걸이를 관찰하고 있자니 여러 가지 의문점이 떠오르기 시작했다. 또다시 배꼽을 뚫은 사람의 모습이 떠올랐다. 퍼갈은 그 생각을 떨치려 고개를 저었다.

이니셜이나 글씨가 새겨져 있지 않을까 싶어 돋보기로 살펴보았지만 아무것도 없었다. 주인이 누군지 알 수 있을 만한 흔적은 어디에도 보이지 않았다.

궁금증, 궁금증, 궁금증. 그에 대한 답을 찾아야 했다. 모든 문제에 해답이 있듯, 모든 수수께끼에는 그것을 풀어나갈 수 있는 해설이 존재한다.

해설

퍼갈은 종이 윗부분에 '해설'이라 쓰고 밑줄을 그었다. 그래, 분명히 이 뒤에는 무슨 이야기가 숨어 있을 거다. 귀걸이가 알아서 통조림 안으로 걸어 들어왔을 리는 없지 않은가? 논리적이고 이성적인 해설을 찾아야 했다. 그게 아니라면 귀신이 한 짓일 텐데, 퍼갈은 귀신을 믿지 않았다.

그 아래에는 부제를 적었다.

질문

이런 식으로 써나가면 될 것 같았다. 궁금한 것을 쓰고 순간순간 떠오르는 답을 적는 거다.

질문 : 어떻게 귀걸이가 통조림 안에 들어왔을까?
답 : 누군가의 귀에서 떨어졌다.
질문 : 누구의 귀일까?
답 : 공장에서 일하는 사람의 귀.
질문 : 무슨 공장?

답 : 원래 통조림 안에 들어 있어야 하는 것을 만드는 공장.

질문 : 뭘 만드는 공장일까?

답 : 알 수 없고, 알아볼 방법도 없다.

질문 : 그렇다면 왜 통조림에 귀걸이밖에 들어 있지 않을까? 원래 들어 있어야 할 것에 귀걸이가 섞여 들어가는 게 더 맞지 않을까? 예를 들어 콩이나 올리브 같은 것에.

답 : 모른다.

퍼갈은 펜을 내려놓고 다시 한 번 차차히 금 귀걸이를 살폈다. 더 이상 나올 수 있는 답이 없었다. 통조림에 대해 이야기할 친구가 있으면 좋겠다는 생각이 들었다. 백지장도 맞들면 낫다고, 둘이서 고민하면 무언가 답이 나올 것 같았다. 이런 취미를 가진 또 다른 아이가 있다면 상황이 달라질 거다. 하지만 통조림을 수집하는 사람은 퍼갈밖에 없었다. 이렇게 재미있는 취미를 아무도 모르고 있다는 게 안타까울 정도였다.

퍼갈은 컴퓨터 책상으로 걸어갔다. 아무래도 인터넷을 검색해봐야겠다.

컴퓨터를 켜고 가끔씩 이용하는 채팅 사이트에 들어갔다.

꺼벙이님: 통조림에 관심 있는 사람?

(꺼벙이는 퍼갈의 대화명이다.)

금방 답글이 달렸다.

됐거든님: 꺼벙이님, 안뇽? 통조림(tin)요? 밀폐된 데 갇혀 있는 걸 말하시는 건가.

꺼벙이님: 아뇨, 그런 거 말구요.

CinnyBuff8님: 아, 저 비슷한 거 아는데. 틴(tin) 말씀하시는 거면, 〈틴틴의 모험〉이란 재미있는 탐정만화가 있어요.

꺼벙이님: 아뇨, 그런 거 말고 진짜 통조림요.

CinnyBuff8님: 무슨 통조림요?

꺼벙이님: 뭐든지요. 그리고 빈 통조림.

됐거든님: 꺼벙이님 정신 나갔음? 빈 깡통을 뭐 하러 사요. 다이어트 하시나?

꺼벙이님: 거의 빈 통조림요. 라벨도 안 붙어 있는.

데이지님: 라벨엔 뭐라 쓰여 있는데요?

꺼벙이님: 라벨이 없다니까요.

됐거든님: 꺼벙이님 약 먹을 시간 된 듯 ㅋㅋㅋ 통조림에서 하나 꺼내 잡수삼.

꺼벙이님: ㅡ.ㅡ 하나도 재미없거든요.

대화 주제는 자연스럽게 휴대폰 벨소리, 새로운 웹사이트, 노래 추천으로 넘어갔다. 그다지 관심이 없는 내용들이었기 때문에 퍼갈은 컴퓨터를 껐다. 지금 퍼갈의 머릿속엔 금 귀걸이밖에 없었다.

게다가 통조림 하나를 열었으니……

……또다시 하나를 사러 가야 한다.

하지만 먼저 귀걸이를 안전하게 보관할 곳이 필요했다. 퍼갈은 서랍을 열어 겨울 스웨터 밑에 귀걸이를 쑤셔 넣었다. 이렇게 하면 엄마조차도 당분간은 건드릴 일이 없을 거다. 겨울이 오기 전까지는 해답을 찾을 수 있겠지.

5장
손가락 통조림

"또 사러 간다고? 저번에 얘기 다 끝나지 않았니?"
토요일이 되어 퍼갈은 또다시 마트에 오게 되었다.
"네, 알아요."
"더 이상은 안 돼. 새것을 사려면 원래 있던 걸 열어야 한다니까?"
"열었어요."
"열었다고?"
"네."
밤필드 부인은 액체세제를 쇼핑카트에 담으며 수상쩍다는 눈빛으로 퍼갈을 바라보았다.
"집에 가서 세어보세요."
"아냐, 믿을게. 그런데 언제 열었니?"
"저번에요."

"열었는지 전혀 몰랐네. 왜 얘기 안 했니?"

"제가 말 안 했어요?"

"안 했지. 그래, 뭐가 들어 있었어?"

"네?"

"통조림에 뭐가 들어 있었냐고."

"아…… 별거 없었어요."

사실대로 말하기 싫었다. 이유는 없었다. 그냥 꺼려졌다.

"뭐라도 있었을 거 아냐. 뭐였니? 스파게티? 복숭아? 아니면 파인애플?"

"그 비슷한 게 들어 있었어요."

"먹었니?"

"어…… 아뇨."

"좀 아깝구나. 낭비잖니."

"죄송해요."

"다음부턴 버리지 마. 아빠나 나한테 필요한 걸지도 모르니까."

"네. 그럼 다른 통조림 사도 돼요?"

"정 그러고 싶다면 그러렴."

"와, 신난다!"

"그런데 퍼갈, 너도 알겠지만 통조림 모으는 게 그리 좋은 취미는 아니잖니? 다른 걸 수집해보면 어떨까?"

"아녜요. 전 통조림이 좋아요."

"그래…… 넌 다른 아이들보다 기발하니까."

"아마 그럴 거예요."

퍼갈은 다른 코너로 이동하는 밤필드 부인을 뒤로하고 세일 바구니로 달려갔다.

그날은 라벨 없는 통조림이 세 개나 있었다. 하지만 특이한 점 없이 모두 무거웠다. 두 개에서는 뭔가 으깨지는 소리가 났고, 나머지 하나에서는 커다란 덩어리 같은 게 이리저리 부딪치는 소리가 났다. 문득 돼지고기일 수도 있다는 생각이 들었다. 단백질 젤라틴 사이에서 이리저리 흔들리는 돼지고기.

우웩!

퍼갈은 나중에 다시 오기로 했다. 새 통조림을 살 기회를 돼지고기 따위에 낭비하고 싶지는 않았다. 나중에 달그락거리는 소리가 나는 통조림을 또 찾게 된다면 모를까. 이미 집에는 평범한 통조림 마흔아홉 개가 쌓여 있었다. 처음에는 그것만으로도 만족할 수 있었지만, 이젠 품질 좋고, 드물고, 희귀한 수집품을 원했다. 진정한 수집가가 된 기분이었다.

퍼갈은 계산대에서 다시 밤필드 부인과 만났다.

"아무것도 안 살 거야?"

"안 사기로 했어요. 오늘은 별로 재미있는 게 없어요. 평범한 것들밖에 없었어요."

"아."

별말은 없었지만, 밤필드 부인은 퍼갈의 말에 엄청난 안도감을 느꼈다. 이제야 이 통조림 난리가 끝나나 보다 싶었다.

결국 퍼갈은 그날 빈손으로 집에 돌아갔다. 집에 도착한 퍼갈은 꼬박 30분을 통조림 정리에 쏟고 다시 귀걸이를 꺼내 이리저리 관찰해보았다. 주인이 과연 누구인지, 왜 통조림에 담기게 되었는지, 실마리를 찾을 수 있을 것인지 아니면 영원히 풀리지 않는 수수께끼로 남게 될 것인지, 의문이 계속해서 떠올랐다.

그러다 보니 어느새 5주일이 흘렀다. 그동안 들렀던 모든 마트에서 세일 바구니를 뒤졌지만 아무런 수익을 얻을 수 없었다.

가끔은 포기하고 싶을 때도 있었다. 계속되는 실망감에 퍼갈도 점점 지쳐갔다. 알아주는 사람도 없는 이런 취미 따위, 정말 쓸데없는 것일 수도 있겠다는 생각이 들었다. 만약 통조림 수집가 모임 같은 게 있어서, 서로 만나 자기가 찾은 통조림이나 통조림에서 찾아낸 재미있는 물건, 새 통조림을 발견한 날에 대한 얘기도 하고, 가끔씩 '통조림 벼룩시장'이나 '희귀 통조림 전시회' 같은 행사를 열어 같이 놀기도 했다면 이렇게까지 지치진 않았을 거다.

딱 한 주만 더 찾아봐야지. 퍼갈은 결심했다. 그러고도 없으면 이제 다 그만두는 거야. 다 끝낼 거야. 통조림 마흔아홉 개를 모두 열어봐야지. 좋아하는 건 먹고, 싫어하는 건 그걸 좋아하는 사람이나 고양이한테 줘야겠다. 그 다음엔 조금 평범한 취미를 찾아봐야겠어. 화석 수집이나 외국 돈 수집 같은.

또다시 토요일이 찾아왔다. 드디어 결단의 날. 다행히도 이번에는 뭔가 다른 게 있었다.

퍼갈은 여태껏 보아온 것들과는 다른 통조림을 찾아냈다. 겉보기엔 전혀 특이하지 않았다. 세일 바구니에 으레 있을 법한, 라벨이 붙어 있던 자리에 아직도 끈적거리는 접착제 자국이 남아 있는 평범한 통조림이었다.

퍼갈은 통조림을 집어 들었다. 가벼웠다. 심하게 가벼웠다. 정상적인 통조림이라기엔 너무도 가벼웠다. 통조림을 흔들어보았다. 또 달그락거릴까? 어쩌면 다른 쪽 귀걸이 한 짝이 들어 있을 수도 있다. 어쩌다 보니 귀걸이가 두 짝 다 통조림 안에 갇혀버렸을 수도 있지 않을까.

아니었다. 그런 소리가 아니었다. 딱딱한 금속성의 소리가 아니었다. 그보다 훨씬 부드럽고, 둔탁한 소리였다. 이게 도대체 뭘까?

퍼갈은 통조림을 귀에 갖다 대고 다시 조심스럽게 흔들어보았다.

"도와드릴까요?"

순간 퍼갈은 통조림이 말한 것으로 착각하고 화들짝 놀라 고개를 들었다. 경비원 복장을 한 마트 직원이 의심스러운 눈빛으로 퍼갈을 바라보고 있었다.

"뭐 궁금한 거라도 있나요?"

어른들이 아이에게 존댓말을 할 때는 일단 피해야 한다는 사실을 퍼갈은 알고 있었다.

"아녜요, 괜찮아요."

"그걸 사려고 하는 건가요?"

경비원이 물었다. 그제야 퍼갈은 자기가 통조림을 손에 들고 있다는 사실을 깨달았다. 훔치는 것으로 의심받은 게 분명했다.

"네, 네. 사, 살 거예요."

퍼갈은 더듬거리며 대답했다.

"그럼 바로 가져가서 계산해주시겠습니까?"

"네. 그, 그럴게요."

장바구니를 들고 오지 않아서 의심받은 거라고 퍼갈은 추측했다. 하긴 쇼핑카트나 바구니 없이 돌아다니니, 어린 소매치기로 보일 법도 했다.

"지금 가서 살게요."

퍼갈은 주머니에서 돈을 꺼내며 계산대로 걸어가서 줄에 섰다.

"이게 다니?"

"네."

계산원 아가씨가 라벨 없는 통조림의 값을 조그만 가격 표시 화면에 띄웠다.

"좋은 가격에 사 가는구나."

"그만큼 좋은 게 들어 있으면 좋겠어요."

"여기 거스름돈."

"감사합니다."

퍼갈은 더 이상 의심받을 일이 없도록 통조림과 영수증을 잘 보이게 함께 들고 계산대를 나왔다.

그때 밤필드 부인이 흘러넘치기 일보직전의 쇼핑카트를 끌고 나타났다.

"퍼갈, 거기서 뭐 하니?"

"통조림을 찾았어요. 지금 먼저 사는 게 나을 것 같아서요."

"그래, 그럼 여기 와서 옮기는 것 좀 도와주렴."

다시 통조림을 가지고 들어갔다 나오면 계산을 하지 않았다고 고소당하는 건 아닐까 걱정되었다. 다행히도 밤필드 부인은 좀 전에 퍼갈이 계산을 마친 계산대에 물건들을 올려놓고 있었다. 그 직원은 퍼갈이 이미 돈을 낸 것을 기억하고 있을 거다.

"통조림을 좋아하네요."

계산원 아가씨가 밤필드 부인에게 말했다. 물건들이 컨베이어벨트를 타고 계산대 끝으로 내려갔다.

"통조림을 모아요."

"어머, 깜찍해라. 똑똑한 아드님을 두셨어요."

"네. 애가 참 똑똑하기도 하고 엉뚱하기도 하죠."

부인은 고개를 끄덕였다.

하긴 엉뚱하고 천재 기질이 있는 아이가 아니라면 누가 통조림을 모으겠는가.

그건 모두가 아는 사실이었다.

밤필드 부인은 장바구니를 열어 퍼갈에게 내밀었다.

"여기 넣어."

"아녜요. 그냥 가져갈래요."

퍼갈은 차에 오른 뒤 통조림을 무릎 위에 얌전히 올려놓았다. 과속방지턱이나 움푹 팬 길을 지날 때마다 안에서 무언가 흔들렸다.

뭘까? 귀걸이는 아닌 게 확실하다. 그래도 그만큼의 값어치는 되는 게 들어 있지 않을까? 값이 비싸면서, 좀 더 부드럽고, 둔탁한 소리가 날 만한 무엇. 혹시 돈이 아닐까? 고무줄로 단단히 묶어놓은 지폐 뭉치.

"퍼갈."

"아, 죄송해요. 못 들었어요."

퍼갈은 밤필드 부인이 운전하고 있다는 사실조차 잊고 있었다.

"왜 그렇게 멍하니 있니?"

"제가 그랬어요? 뭐라고 하셨는데요?"

"점심으로 뭐 먹을 거냐고 물어봤어."

"정말 못 들었어요."

"그런 것 같구나. 그래, 뭘 먹을래?"

"아무거나요."

"통조림 하나 여는 건 어때?"

퍼갈은 고개를 들어 엄마를 쳐다보았다. 잘못 들었나?

"제 통조림요?"

"그래, 하나 열어서 점심으로 먹는 거야. 재미도 있잖니? 뭐가 나올지 모르니까."

갑자기 두려움이 엄습했다. 통조림을 여는 것은 다른 사람이 아닌 퍼갈 자신이어야 한다. 그것도 아무도 보지 않을 때 혼자 열어야만 한다.

"아, 아녜요. 새로 사 온 건 지금 열고 싶지 않아요."

"그래, 그럼 원래 있던 걸 열어볼까?"

"아녜요. 오늘은 그냥 치즈토스트 먹을게요."

밤필드 부인은 얼굴을 찡긋했다. '그 별난 취미, 어떻게 좀 할 수 없겠니?' 하고 말하려는 듯한 표정이었다. 하지만 더 이상 토를 달지는 않았다.

"그럼 치즈토스트를 먹자. 점심 먹고는 뭐 할 거니? 컴퓨터?"

오늘은 컴퓨터가 별로 끌리지 않았다. 컴퓨터보다는……

"아뇨. 별로 하고 싶지 않아요. 오늘은 안 할래요."

"그럼 숙제는?"

"숙제는 내일 하려고요. 오늘은 그냥…… 통조림 갖고 놀래요."

부인은 입술에 힘을 주며 억지 미소를 지었다. 얼굴에는 '이젠 슬슬 걱정이 되려 하는구나. 도가 지나쳐'라고 쓰여 있었다.

하지만 아직까지는 참을 수 있었다. 부인의 인내심은 이 상황을 용케 견뎌내고 있었다. 여태까지 잘 참아왔으니, 조금은 더 참아줄 수 있었다.

"그래, 그럼. 엄마는 정원에 계속 나가 있을 거야. 아빠는 축구 하러 가시는 것 같으니까 따라가고 싶으면 갔다 오렴."

퍼갈 또래의 남자애라면 이런 제안에 자리에서 벌떡 일어났을 거다. 하지만 퍼갈은 짧게 이렇게 대답했다.

"아녜요, 엄마. 그냥 통조림 갖고 놀래요."

결국 또 통조림이었다.

점심식사를 마친 퍼갈은 자기 방으로 올라갔다. 몇 분 후 앞문이 닫히더니, 뒤이어 밤필드 씨가 차에 시동을 거는 소리가 들려왔다. 정원으로 통하는 뒷문도 열렸다가 닫혔다. 퍼갈은 창밖으로 정원을 내려다보았다. 밤필드 부인은 깔고 앉을 작은 고무 매트와 모종삽, 전지가위, 묘목을 들고 잔디밭을 가로질러 가고 있었다.

좋았어. 이젠 안전해.

퍼갈은 한 손에 새로 사 온 통조림, 다른 손에 수집일기를 들고 부엌으로 내려갔다.

저울을 꺼내 탁자 위에 내려놓았다. 통조림의 무게를 재고 수집일기에 기록하면서 비교해보니, 다른 일반적인 통조림들보다는 훨씬 가볍고 지난번 귀걸이가 들어 있던 통조림보다는 조금 무거웠다. 이제 더 이상 둘레를 잴 필요는 없었다. 어차피 표준 크기는 몇 가지로 한정되어 있기 때문에, 어림짐작으로도 대충 예측할 수 있었다.

됐다.

퍼갈은 저울을 치우고 통조림따개를 꺼내 들었다. 조심스럽게 통조림 뚜껑에 칼날 부분을 올려놓았다. 따개를 가장자리에 고정하려는 순간…….

퍼갈은 동작을 멈추었다. 뭔가 불길했다. 창밖을 내다보니, 뭘 잊어버렸는지 아니면 물을 마시려는 건지, 밤필드 부인이 집으로 들어오고 있었다.

퍼갈은 통조림과 따개를 들고 잽싸게 방으로 올라가서는 조용히 문을 닫고 기다렸다. 얼마 지나지 않아 부인의 목소리가 들려왔다.

"퍼갈?"

아무 일도 없는 것처럼 태연하게 행동해야 한다.

"퍼갈, 아무 일 없지?"

"네."

"뭐 하는데?"

"통조림 갖고 놀아요."

"그래. 전화 오거나 엄마 찾을 일 있으면 정원으로 나와."

"네."

퍼갈은 창문으로 달려가 밖을 내다보았다. 밤필드 부인은 작은 라디오를 들고 다시 정원에 나와 있었다. 클래식 음악소리가 희미하게 들려왔다.

"통조림 갖고 놀아요."

다시 생각해보니, 왜 그렇게 말했을까? 마치 통조림 가지고 성이라도 쌓으면서 노는 것 같지 않은가? 아무래도 상관없다. '놀이'라는 말이 들어가면, 어른들은 크게 신경 쓰지 않는다. 심각한 게 아니라는 뜻이기 때문이다.

자, 그럼 다시.

퍼갈은 책상에 통조림을 내려놓았다. 라벨이 없어도 모양을 보면 위아래를 구분할 수 있었다. 통조림마다 특수한 부호나 날짜 같은 숫자가 새겨져 있는데, 그게 있는 쪽이 바닥이었다.

퍼갈은 혹시나 주변이 지저분해질 경우에 대비해 종이 몇 장을 아래에 깔고 통조림을 따기 시작했다. 가장자리에 칼날을 대고 누르자 구멍이 뚫리면서 공기가 새는 소리가 났다. 퍼갈은 뚜껑의 경첩 역할을 할 부분만 조금 남기고 한 바퀴 빙 돌려 땄다.

이제 드디어 내용물을 볼 시간. 어떻게 해야 이 순간의 기분을 좀 더 맛볼 수 있을까? 이 발견의 기쁨을 좀 더 오래 지속시킬 수는 없을까?

퍼갈은 눈을 감고 통조림을 만져본 다음, 손이 베이지 않게 조심하며 뚜껑으로 느껴지는 것을 잡아 위로 뜯어냈다. 뜯어낸 뚜껑을 책상에 놓은 퍼갈은 내용물이 쏟아지지 않게 잽싸게 통조림을 뒤집어 종이 위에 내려놓았다. 그러고서 눈을 떴다.

진실이 공개되는 순간. 퍼갈은 손을 뻗어 통조림을 잡고 천천히 들어 올렸다.

무언가 종이 위에 떨어져 있었다. 퍼갈은 잠시 동안 그게 뭔지 생각해보았다. 사실 곧바로 알 수도 있었지만, 눈을 믿기 힘들 정도로 괴상한 물체였기 때문에 제대로 인식하는 데 시간이 걸렸다. 통조림에서 나오는 것이 불가능한, 전혀 예상 못한 물체였다. 여태껏 별의별 것을 다 상상해봤지만, 이건 정말 생각지도 못한 반전이었다.

퍼갈은 침을 꿀꺽 삼키며 종이 위의 물체를 가만히 관찰했다. 이번 것은 무효로 할까 생각했다. 다시 통조림에 넣고 아까처럼 뒤집었다 들어 올리면 또 다른 게 나올지도 모른다. 적어도 이것보다는 더 현실적인 것이겠지.

물론 말도 안 되는 소리였다.

차라리 통조림을 열지 않았더라면. 그냥 책장 위에 다른 것들과

나란히 놓았더라면. 세일 바구니에서 이 통조림을 찾지 못했더라면. 아니, 아예 통조림에 관심을 가지지 않았더라면.

그랬더라면.

하지만 이미 너무 늦어버렸다.

퍼갈은 눈을 감고 비빈 뒤 다시 종이 위를 바라보았다.

변한 건 없었다. 잘못 본 게 아니었다. 아직 그 자리에 그대로 있었다. 금 귀걸이나, 고무줄로 묶어놓은 지폐 다발로 바뀌었으면 좋겠다고 생각했다. 하지만 아니었다. 비슷하지도 않은 물체였다.

손가락. 통조림에서 나온 건 손가락이었다. 더러운 손톱과 아래쪽에 빙 둘러 희미하게 움푹한 자국이 남아 있는, 사람의 손가락.

바로 눈앞, 책상 위에 있었다.

통조림에 담긴 손가락이라니.

손가락이, 통조림에 담기다니.

손가락이, 통조림에.

퍼갈은 움직이지도 못하고 의자에 굳은 채 앉아 있었다. 만져보려고 손을 뻗어보다 금세 뒤로 뺐다. 이 역겹고 끔찍한 손가락을 맨손으로 만질 수는 없었다.

그때 이 손가락이 가짜일 수도 있다는 생각이 머릿속을 스쳤다. 밀랍이나 플라스틱으로 만든 손가락일 수도 있지 않은가. 그래, 그렇구나. 할로윈용 통조림일 거야. 맞아. 그렇지 않고서는 도저히 설명이 되지 않았다. 할로윈이 지난 지 한참 되었는데 팔리지 않고 남아 있다가 어찌어찌하여 굴러 떨어져 라벨이 떨어지고, 그래서 결국 세일 바구니에 담기게 된 거다.

이제야 알았다. 저건 그냥 장난감 손가락일 거다. 할로윈 통조림. 눈알 통조림, 발가락 통조림, 이빨 통조림 같은 식으로 아예 그렇게 한 세트로 만들어졌을 거다.

어쩌면 먹을 수 있을지도 모른다. 설탕으로 만들어졌거나, 아니면 마지팬(아몬드, 설탕, 달걀을 섞어 만든 과자:옮긴이)일 수도. 마지팬 손가락.

확실히 알아내려면 만져보고 먹어보는 수밖에 없었다.

먹어? 먹는다고? 저 손가락을?

별로 끌리는 생각은 아니었다. 퍼갈은 연필 끝으로 손가락을 건드려보았다. 적어도 살아 움직이는 손가락은 아니었다.

퍼갈은 절단된 부분을 조심스럽게 살펴보았다.

흠. 참 잘 만들었다고 퍼갈은 생각했다. 아주 그럴싸한 설탕과자다. 저 마른 피처럼 보이는 건 분홍색 설탕반죽이겠지.

얇은 핏줄들이 삐져나와 있는 것까지, 아, 정말 그럴싸해.

반쯤 씹어놓은 더러운 손톱도 참 잘 만들었다.

저기 저 조그만 사마귀도 설탕으로 만들어 붙인 거겠지?

세상에. 지문도 소용돌이와 나선형 모양을 꼭 진짜같이 만들어놓았네. 대단해. 인상적이군. 정말 그럴싸하게 잘 만든 설탕과자인 게 분명해.

이제 만져봐야 한다. 만지면 진짜인지 아닌지 알 수 있을 거다. 마지팬이라면 먹을 수도 있다. 하지만 끝 부분을 조금 갉아먹었는데도 과자처럼 바스러지지 않는다면 그건……..

 만져보았다. 차갑고 축축했다. 퍼갈은 손가락을 집어 절단 부위를 더 자세히 살펴보았다. 깨끗이 잘려 있었다. 마치 돌을 자른 것같이 보였다. 정말 대단한 가짜 손가락이었다.

 퍼갈은 맛을 보기 위해 양손으로 손가락을 잡고 두 조각으로 부러뜨리려 했다.

 그런데 뜻대로 되지 않았다. 무언가 딱딱한 것이 속에서 버티고 있었다. 아무래도…… 뼈 같았다. 설탕이 아니었다. 마지팬도 아니었다. 퍼갈은 책상에 손가락을 떨어뜨렸다.

 갑자기 구역질이 날 것 같았다.

 "진짜였어."

 퍼갈은 스스로에게 속삭였다.

 "진짜였어. 저 살이랑 피 모두 진짜야. 사람 손가락이라니!"

 퍼갈은 의자를 밀어 책상에서 멀찍이 떨어졌다.

 "이제 어떡하지? 어떡해야 하지?"

 그때, 계단에서 발소리와 밤필드 부인의 목소리가 들려왔다.

 "퍼갈, 퍼갈? 거기 있니? 방에 있어?"

 생각할 시간이 없었다. 엄마는 아마 노크도 없이 방에 들어올 거다. 뭐라고 해야 하지? 이 상황을 어떻게 설명하지? 저 책상 위에 있는 걸 보고 뭐라 말하지?

 저 손가락을 보고?

6장
꼬리에 꼬리를 무는 의문

"퍼갈! 퍼갈!"

다시는 만지고 싶지 않았지만, 지금은 어쩔 수 없었다. 퍼갈은 손가락의 관절 부분을 잡아 서랍 안으로 던져 넣었다. 그러고는 재빨리 손을 빼 바지에 문질렀다. 손가락의 느낌을 조금이라도 털어내고 싶었다.

"퍼갈! 퍼갈?"

"네, 엄마?"

문이 열렸다.

"네?"

퍼갈은 아무것도 모른다는 표정으로 부인을 쳐다보았다. 사실, 아무것도 모르는 건 맞았다. 손가락을 잘라서 통조림에 넣은 게 퍼갈과 무슨 상관이란 말인가? 죄가 있다면 하필 그 통조림을 찾아서 연

것밖에 없었다.

밤필드 부인은 책상 위의 통조림과 따개를 바라보았다.

"뭐 하는 거니?"

"음…… 그냥……."

"지금 통조림을 열었잖아? 그것도 침실에서?"

"음…… 아니…… 아, 네…… 그러니까 조금요."

"세상에, 퍼갈! 어디든 갖고 돌아다녀도 좋으니 열 때는 제발 부엌에서 해!"

"네, 죄송해요."

"침실에서 열면 콩이며 쌀 푸딩이며 주위에 튈 수 있잖아, 그렇지?"

"네."

"그래, 그런데 뭐가 들어 있었어?"

퍼갈은 또다시 멍청한 표정을 지었다.

"안에요?"

"통조림 말이야."

밤필드 부인이 책상으로 다가오더니 통조림을 집어 들고 안을 살폈다. 부인은 여전히 원예 장갑을 끼고 있었다. 저 검붉은 고무장갑 안에는 손가락이 들어 있다. 모두 해서 열 개. 하지만 어디에 사는지 모르는 누군가의 손가락 하나는 여기, 이 통조림 안에 들어 있다. 아니, 그 사람의 열 손가락이 다 통조림 안에 들어가버렸는지도 모른다. 아예 손가락 세트라는 게 나왔을 수도 있다.

"비어 있네."

"먹을 건 안 들어 있었어요."

퍼갈은 얼른 설명했다.(거짓말은 아니었다. 최악의 진실이었다.)

"아무것도 없었어?"

"그래서 여기서 연 거예요. 너무 가벼워서요."

밤필드 부인은 텅 빈 통조림을 이리저리 살펴보았다.

"그래, 다행이구나. 그럼 이번 건 좋은 구매가 아니었네, 그렇지? 아무것도 들어 있지 않으니 말이야."

"그런 것 같아요. 뭐 찾으러 오셨어요?"

"건전지 남는 거 있는지 물어보려고 왔어. 라디오에 있던 게 다 닳아서."

갑자기 긴장했던 마음이 탁 놓였다.

"네, 있을걸요. 건전지가 어디에 있더라······."

서랍에 있었다.

이젠 뭐라고 하지? 왜 있다고 말했을까?

밤필드 부인은 퍼갈이 서랍을 열기를 기다리고 있었다. 서랍을 열자마자 안에 든 손가락이 보일 게 분명했다.

부인은 계속해서 기다렸지만, 퍼갈은 움직이지 않았다.

"어서, 퍼갈. 서랍 안 열 거야? 다음에 마트 갈 때 엄마가 새로 사다 줄게."

'마트'란 단어가 나오자 퍼갈은 움찔했다. 지금 퍼갈은 마트에 대해 일시적으로 극도의 반감을 느끼는 상태였다. 그곳은 통조림에 손가락을 넣어 파는 마트다. 식인을 조장하는 마트.

퍼갈은 서랍 쪽으로 손을 뻗었다. 어떻게 이 상황을 빠져나가야 할지 감이 잡히지 않았다. 어떡하지?

"지금 생각해보니 건전지가 없는 것 같아요. 다 써버린 것 같아요. 여기, 제 라디오 가져가세요."

"확실하니?"

"네."

"라디오는 안 들을 거야?"

"괜찮아요. 아이팟으로 들으면 돼요."

"뭐, 그렇다면야."

퍼갈은 밤필드 부인에게 라디오를 건넸다.

"고맙구나. 혹시나 또 통조림을 열게 되면……."

"부엌에서 열라고요?"

"그래, 맞았어."

"알았어요."

부인이 문을 닫고 방을 나간 뒤, 퍼갈은 정원으로 통하는 문이 닫히는 소리가 들릴 때까지 기다렸다가 다시 서랍을 열었다. 손가락은 여전히 그곳에 있었다. 맨손으로 저 역겨운 물체를 만지는 일은 되도록 피하고 싶었다. 그래서 퍼갈은 죽은 벼룩을 채집할 때 쓰던 작은 비닐봉지와 집게를 가져와, 집게로 손가락을 집어 책상 종이 위에 올려놓았다. 그러고는 집게 끝으로 손가락을 툭툭 건드려보았다. 곧 살아 움직여 공격할 괴물이라도 대하는 것 같았다.

생각해보니, 차갑고 죽은 손가락 하나가 살아 움직여봤자 뭐 얼마나 대단한 일을 할까 싶었다. 손가락 하나로는 목을 조를 수도 없다. 기껏해야 눈을 찌르거나, 귀나 코를 쑤시는 게 고작일 거다.

퍼갈은 집게로 손가락을 뒤집으며 이게 과연 몇 번째 손가락일까 추측해보았다. 검지? 약지? 새끼손가락? 아니면 가운뎃손가락?

비교하기 위해, 퍼갈은 손을 쫙 펴 손가락 가까이에 대보았다.

흠. 생긴 것만 보면 틀림없이 새끼손가락이었다. 퍼갈의 새끼손가락보다 훨씬 크긴 했지만. 어른의 손가락 같았다. 여자 손가락인지 남자 손가락인지는 확실치 않지만 아마도 남자의 것으로 보였다. 손톱에 아무것도 칠해져 있지 않은 데다 관리도 깨끗이 안 되어 있었기 때문이다. 물이나 비누로 자주 씻은 것 같아 보이지도 않았다.

어떻게 이게 통조림에 들어오게 되었을까?

무슨 엄청난 범죄라도 연루되어 있는 걸까? 만약 그렇다면, 다른 사람한테 알려야 할까? 도대체 누구한테? 부모님과 경찰? 이 손가락이 빙산의 일각에 지나지 않는다면? 아예 몸통 하나가 통째로 잘게 토막 나서 다른 통조림들에 골고루 들어갔다면? 상상만으로 토가 나올 것 같았다. 그렇다면 어딘가에 나머지 아홉 개의 손가락이 담겨 있을까? 발가락 열 개도? 눈알 두 개, 귀 두 개, 코 하나, 이런 식으로? 조금 큰 통조림에는 발 두 개가 담겨 있고, 식당 부엌 같은 데 있는 커다란 운반용 통조림에는 아예 하체가 통째로 담겨 있는 게 아닐까? 이빨이나 무릎 뼈가 담긴 통조림은 어딘가에서 달그락 소리를 내고 있겠지?

이상하게도 통조림에서 손가락을 발견한 일로 경찰에 신고하러 가고 싶지는 않았다. 물론 신고할 마음은 있었다. 아무도 믿어주지 않을 것 같다는 게 문제였다.

"경찰관 아저씨, 귀찮게 해서 죄송한데 이 통조림에서 손가락이 나왔어요."

"대체 이 손가락이 어디서 났니? 말해봐. 지금 말한다면 문제가 커지진 않을 거야. 거짓말하면 안 된다, 꼬마야. 자, 처음부터 다시 물어볼게. 누구 손가락이고, 어디서, 언제, 왜 잘라낸 거니? 그리고 나머지 몸은 어디 있지?"

"전 아무 짓도 안 했어요."

"어서 말해. 네가 한 짓을 우린 이미 알고 있어. 자백하면 죄가 조금은 가벼워질 거야. 널 계속 지켜보고 있었어. 요즘 들어 이상한 행동을 많이 했잖아? 아니, 사실 항상 이상했지. 넌 뭔가 별난 구석이 있어. 아, 네가 그 통조림 모으는 아이였던가? 조그만 몸으로 감당하기엔 머리가 너무 뛰어난 녀석 말이지. 기발한 것과 천재 살인마는 백지 한 장 차이란다."

퍼갈의 말을 순순히 믿어줄 리 없다. 그러니 그냥 이렇게 경찰서에 가지고 갈 수는 없다. 통조림에 대해 더 조사해봐야 한다. 무슨 괜찮은 방법이 있으면 좋을 텐데…….

마트에 가져가볼까?

아니다. 경찰서보다 더하면 더했지 덜하진 않을 것 같다.

"저기요, 환불 좀 해주세요. 얼마 전 세일 바구니에서 이 통조림을 샀는데, 집에 와서 열어보니 손가락이……."

"웃기지 마라, 꼬마야. 그거, 여기서 산 게 아니지? 우린 손가락 같은 건 절대 팔지 않거든."

아니라고 우기면 그만이다. 영수증을 보여준다 해도 절대 아니라고 우길 거다. 세상에 어떤 마트가 고객들에게 손가락을 판다는 대단한 명성을 얻고 싶어 하겠는가? 그런 소식이 방송을 타고 뉴스에 나온다면 곧바로 매출이 곤두박질칠 게 분명하다. 오는 손님이라곤 식인종이나 좀비밖에 없겠지.

"배기 고프면 뭐든 먹게 된단다, 퍼갈. 그럴 땐 가릴 것도 없어."

언젠가 퍼갈이 식탁에서 새싹 채소 무침을 먹기 싫어 깨작거리고 있을 때 밤필드 씨가 말했었다. 지금 되돌아보니 썩 옳은 말 같지는 않았다. 굶어 죽는다 하더라도 손가락을 먹을 일은 없을 테니까.

이 문제를 누군가와 함께 고민할 수 있다면 이렇게 괴롭진 않을 거라고 퍼갈은 생각했다. 항상 떠올리는 것이긴 하지만, 왜 백지장도 맞들면 낫다는 속담이 있지 않은가. 둘이 뭉친다면 이 손가락 사건도 쉽게 해결할 수 있을 것 같았다. 문제는 백지장을 같이 들 동지가 없다는 사실이었다. 손가락을 보고 소란을 떨거나 토하거나 하지 않고 침착하게 문제를 해결할 수 있는 사람이 필요했다. 어른한테는 말해봤자 병원에 데려가려고 난리칠 테니 피해야 했다.

"네 나이 또래의 아이가! 통조림에 손가락이 든 걸 보다니! 정신적 쇼크를 받았을 거야! 정상적인 생활을 하는 데 문제가 있을 수 있다고! 어서, 당장 사회복지사를 불러!"

무엇보다 퍼갈에겐 자기와 비슷한 친구가 필요했다. 손가락에 얽힌 뒷이야기를 궁금해하고, 어떻게든 파헤쳐보고 싶어 하는 친구.

하지만 그런 친구는 어디에도 없었다. 오직 퍼갈뿐이었다.

퍼갈은 집게로 그 손가락을 집어 비닐봉지에 담았다.

이제 어떡하지? 뭔가 생각이 떠오를 때까지 어디에다 숨겨놓지?

침대 밑? 옷장 안? 귀걸이와 같이 서랍 안에? 아니면 나무 선반? 아니, 거기다 뒀다간 큰일 날 거다. 얼마 지나지 않아 썩을 테고, 냄새가 진동할 거다. 그렇게 되면 엄마가 냄새의 진원지를 찾아 여기저기 뒤질 게 분명하다. 그러다 선반 위에서 비닐봉지에 담긴 채 초록색 곰팡이를 피워가는 뭉그러진 손가락을 찾게 되겠지.

냉동고? 그래, 냉동고! 차고에 있는 냉동고 깊숙이 숨기면 된다! 냉동 채소와 과자와 피자 밑에 잘 숨겨놓는다면, 누군가 작정하고 찾지 않는 이상 들킬 일이 없을 거다. 몇 년 넘게 그렇게 있어도 아무도 모를 거다.

퍼갈은 테이프로 비닐봉지를 밀봉하고 그 위에 날짜와 '통.찾.누.손'(통조림에서 찾은 누군가의 손가락)이란 암호를 썼다. 아래층에 내려가 엄마가 아직 정원에 있다는 걸 확인한 퍼갈은 차고로 향했다. 차고 안에 은밀히 들어가자마자, 냉동고를 열어 냉동 햄버거 더미를 왕창 빼내고 바구니 밑에 손가락을 숨긴 뒤 모든 걸 원래 있던 자리로 돌려놓았다.

됐다. 이러면 아무도 모를 거다. 이렇게 잘 숨겨놓았는데 어떻게 찾겠어.

퍼갈은 냉동고를 닫고 방으로 돌아왔다. 손가락이 눈앞에 없으니, 아까보다는 침착해진 느낌이었다. 이제 좀 이성적이고 논리적으로 생각해볼 수 있을 것 같았다.

퍼갈은 뭔가 얻을 정보가 없을까 해서 책상 위의 텅 빈 통조림을 찬찬히 살펴보았다. 글자들과 숫자 몇 개가 있긴 했다. 딱 봐도 공장 코드인 것 같았지만, 해석을 못하는 이상 쓸모없는 것이나 다름없었다. 그래도 나중에 어떻게 될지 모르니 버리진 않기로 했다.

퍼갈은 빈 통조림을 책장 위에 올려놓고, 아직 열지 않은 마흔아홉 개의 평범한 통조림을 히나히나 집어 들어 흔들어보았다. 모두 무겁고 가득 찬 상태였다. 평범한 통조림에 있는 글자들과 손가락이 담겨 있던 통조림에 있는 글자들을 비교해보았다. 모두 달랐다. 심지어 규칙이나 겹치는 것조차 없었다.

퍼갈은 머리를 정리하기 위해 잠시 자전거를 타기로 했다. 하지만 자전거를 타는 내내 손가락 생각밖에 나지 않았다. 누구 것일까? 왜 잘렸을까? 대체 어쩌다 통조림에 담겼을까? 답은 분명히 있을 거다. 퍼갈은 답을 알고 싶었다. 아무리 이상하고 비현실적이고 말도 안 되는 상황이라도, 합리적인 답이 분명 있을 거다.

마술 쇼를 생각하면 되지 않을까. 관객들은 마술사가 어떻게 조수를 톱으로 썰거나 코끼리를 사라지게 하는지 알지 못한다. 하지만 관객들은 안다. 마술사가 정말로 조수의 몸을 자르거나 코끼리를 공중으로 사라지게 한 게 아니라는 걸. 마술사가 무슨 신비로운 힘을 가지고 있는 게 아니라, 착시현상을 그럴싸하게 꾸며내는 법을 알고 있을 뿐인 평범한 인간이라는 걸. 시선을 분산시키고, 감각을 속이고, 보여주고 싶은 것만 보도록, 그렇지 않은 것은 무시하도록 만든다는 걸.

분산, 왜곡, 연기와 거울들. 하지만 논리적인 해설은 항상 존재한다. 항상. 통조림에서 나온 손가락과 귀걸이도 마찬가지다. 어떻게 담기게 되었는지에 대한 합리적인 설명이 어딘가에 존재할 거다. 금 귀걸이는 통조림 공장에서 일하는 사람 귀에서 떨어진 것일 수 있다. 그런데 손가락, 그 손가락은······.

분명 어딘가에 답이 있을 거다.

하지만 대체 어디에?

PART TWO
2부

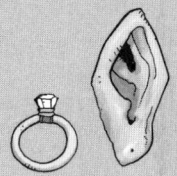

퍼갈 밤필드의 일기

여전히 비밀일기임.

퍼갈 본인이 아니면 읽지 마시길.

지금 일기장을 닫지 않으면 끔찍한 병에 걸릴지도 모름.

6월 30일, 일기에게

3월 이후로 일기를 쓰지 않았네. 그사이 너무 많은 일이 있었어. 그것까지 다 채워 쓰려면 아예 책 한 권을 써야 할 거야.

요즘 무슨 일이 있는지 알아?

통조림에서 손가락을 찾은 뒤부터 계속 악몽에 시달리고 있어. 어제 또 엄청나게 커다란 통조림을 따는 꿈을 꿨어. 그런데 안에 사람 머리가 들어 있었어. 날 보더니 입을 열고 이렇게 묻더라.

"혹시 남는 칫솔 없냐?"

그러곤 씩 웃었는데 이빨이 하나도 없었어.

난 내 일상생활이 참 지겹다고 생각했었어. 그런데 이젠 그렇지 않은 것 같아.

요즘엔 스트레스가 더 문제야.

7장
동지를 만나다

냉동고에 손가락이 있다고 해서 일상이 크게 달라지진 않았다. 이래서 사람을 죽여 마당에 묻고도 멀쩡하게 살아가는 사람들이 있는 거구나 싶었다. 한번 눈앞에서 사라지고 나면 세상은 아무 일도 없었다는 듯 원래대로 돌아간다. 손가락이야 어찌 되었든, 퍼갈은 여전히 아침에 일어나 밥을 먹고 세수하고 등교해야 했다. 마음속 깊숙이에 그 생각이 응어리처럼 남아 있긴 했지만, 겉으로 볼 때는 퍼갈이 그런 끔찍하고 역겨운 비밀을 갖고 있다는 걸 누구도 전혀 눈치 채지 못했다.

퍼갈은 자주 손가락에 대해 생각했다. 수업시간, 선생님이 말하고 있는 중에도 자기도 모르게 종이에 손가락이나 금 귀걸이를 그리곤 했다.

머리에 떠오른 시나리오는 수천 가지도 넘었지만, 그중 마음에 드는 것은 하나도 없었다. 생각나는 족족 어딘가 부적절하거나 들어맞지 않는 부분이 있었다.

퍼갈은 무의식적으로 사람들의 손을 집중해서 보게 되었다. 가게에 있는 사람들, 길을 다니는 사람들, 특히 날카로운 도구를 사용하는 사람들을 유의해서 살폈다. 마을 정육점 창문 너머로, 능숙한 손길로 식칼을 다루며 고기를 자르는 테일러 씨를 관찰하기도 했다.

저런 직업이라면 손가락 하나 잃는 건 일도 아니겠다는 생각이 들었다. 잠깐 다른 생각을 하다가 싹둑! 정신을 차려보면 주인 잃은 손가락은 어느새 소시지 사이나 고기 써는 기계 속으로 떨어져 있겠지. 그래, 손가락이 잘리는 사고는 쉽게 일어날 수 있다. 문제는, 그게 통조림으로 들어갈 일은 흔치 않다는 거다.

하루는 퍼갈의 부모님이 마당에 있는 참나무 가지를 다듬기 위해 정원사를 불렀다. 점점 자라는 위쪽의 가지 때문에 이웃에서 항의가 들어오거나, 뿌리가 집 건물 기반을 손상시킬 수 있다는 밤필드 씨의 우려 때문이었다. 정원사가 실톱으로 가지들을 쳐내는 동안, 퍼갈은 침실 창문을 통해 그 모습을 쭉 지켜보았다. '역시 정원사는 위험한 직업이구나' 하고 생각하면서.

일을 마친 정원사가 사다리에서 내려와 밤필드 부인이 타준 차를 마시기 위해 장갑을 벗었는데, 손가락 하나가 없었다. 왼쪽 새끼손가락이 없었다.

퍼갈은 눈길을 거둘 수 없었다. 냉동고에서 손가락을 가져와 "이거, 아저씨 건가요?" 하고 물어보고 싶은 마음이 굴뚝같았다. 너무 늦은 게 아니라면 수술로 붙일 수도 있을 거다. 한번 시도해보는 것도 나쁘지 않을 것 같았다.

하지만 입이 떨어지지 않았다. 그래서 손가락은 계속해서 냉동고에 남아 있게 되었고, 마음속 응어리도 미동 없이 제자리를 지켰다.

몇 주가 지났다. 손가락과 귀걸이에 대한 수수께끼는 여전히 풀리지 않은 채 남아 있었다.

마트에 갈 때마다 세일 바구니를 뒤지는 것은 이제 거의 일상이 되어버렸다.

그러던 어느 날, 꾸준히 세일 바구니를 살핀 덕을 톡톡히 보게 되었다.

마트에 들어서는 순간, 바구니 꼭대기에 놓여 있는 라벨 없는 은색 통조림 하나가 퍼갈의 눈에 들어왔다. 마치 통조림에 무슨 자석 같은 게 달려서, 저항할 수 없는 힘에 끌려들어가는 것 같았다.

벌써부터 이번 것은 뭔가 특별할 거라는 기분이 본능적으로 느껴졌다. 딱 보면 알 수 있었다. 답이나, 답이 아니라면 조금의 실마리라도 얻을 수 있을 것 같았다. 안에 무엇이 들어 있든, 해답으로 한 발 더 가까이 갈 수 있으리라. 집에서, 계산대에 가져가, 계산하고, 집에 가져가 통조림따개로 열어보면…….

"잠깐만, 그거 내가 먼저 봤거든?"

막 집으려는 순간, 또 다른 손이 나타나 통조림을 잡았다.

"뭐?"

퍼갈은 깜짝 놀라 고개를 들었다. 머리끈에서 삐져나온 갈색 머리칼 뭉치와 안경 너머로 갈색 눈 두 개가 퍼갈을 노려보고 있었다.

여자애였다. 조금 별나고 칠칠치 못해 보이는 여자애. 제 발에 걸려 넘어지거나 마실 것을 쏟고, 집 안을 뛰어 돌아다니다 가구에 부딪히거나 커튼을 잡아 떨어뜨리기 일쑤일 것 같은. 팔다리에 적어도 서너 번은 깁스를 했을 것 같고, 칼을 가지고 놀 때면 항상 어른들의 주의 감시를 받아야 할 것 같은.

게다가 표독스럽기까지 했다.

"내가 먼저 봤거든? 그러니까 내 거야!"

하지만 퍼갈은 한쪽 끝을 잡고 놓지 않았다. 절대 질 생각이 없었다. 여자애한테 진다니! 말도 안 되는 일이었다.

"내 거야." 퍼갈이 말했다. "내가 먼저 잡았어."

"웃기지 마." 여자애가 말했다. "난 네가 잡기 한참 전에 잡았어."

"아니거든!"

"맞거든!"

"아니거든!"

여자애가 통조림을 빼앗아 가려고 낑낑댔지만 퍼갈도 버티고 놓아주지 않았다. 마찬가지로 퍼갈이 아무리 잡아당겨도 여자애는 더 세게 통조림을 잡아당겼다.

"빨리 놓으라고." 여자애가 말했다. "이 통조림은 합법적으로 내 거야."

"무슨 법?"

"내가 먼저 봤어."

"아니거든."

"네가 어떻게 알아?"

"그럼 넌 어떻게 알아?"

"그냥 알아."

"그럼 나도 그냥 알지!"

교착 상태였다. 마치 줄다리기를 하는데 줄이 움직임 없이 계속해서 완벽한 균형을 유지하는 상황 같았다.

"놓으라고!"

"네가 놔!"

퍼갈은 여자애를 찬찬히 살펴보았다. 어딘가 독특해 보였다. 그래, 사람들이 보고서 "흠, 뭔가 천재기가 있을 것 같은 아이네요"라고 한마디씩 할 것 같은 생김새였다. 말만이 아니라, 실제로도 천재기질이 있기를 바라면서. 저런 행동거지에 천재가 아니라면 비정상일 테니까.

"이봐." 여자애가 말했다. "내가 먼저 봤으니까 이건 내 거야. 게다가 이건 너보다 나한테 훨씬 중요하다구. 그러니까 이제 됐지?"

별로 신뢰가 가는 말이 아니었기 때문에 퍼갈은 여전히 통조림을 놓지 않았다.

"이게 너한테 더 중요한지 네가 어떻게 알아?" 퍼갈이 말했다.

"필요하니까!" 여자애가 말했다. "수집하니까!"

퍼갈은 깜짝 놀라 하마터면 통조림을 놓칠 뻔했다. 심장이 빠르게

뛰었다. 퍼갈은 귀를 의심하면서도 제대로 들은 게 맞기를 바라며 여자애를 바라보았다.

"수집?"

"그래, 수집해."

"그러니까 네 말은, 통조림을 수집한다고?"

여자애가 싸울 듯이 퍼갈을 쏘아보았다.

"왜, 그러면 안 돼?"

약간은 방어적인 말이었다.

"아, 아니."

퍼갈은 잠시 주저하다 말을 이었다.

"왜냐면…… 나도 통조림을 수집하거든."

순간 여자애의 손에서 힘이 빠졌다. 마찬가지로 놀란 모양이었다. 하지만 그것도 잠시, 여자애는 통조림을 더욱 세게 잡았다.

"못 믿겠어."

"진짜야."

"증명해봐."

"수집하는 게 아니라면 왜 내가 이걸 사려 하겠어?"

안경 너머로 여자애의 눈이 가늘어졌다.

"정말 통조림을 모은다면, 뭐 알고 있는 거 있어?"

"안에서 뭔가를 찾을 수 있다는 거?"

퍼갈은 멈칫거리며 말했다.

그러자 여자애가 목소리를 낮췄다.

"그러니까 뭐?"

"특별한 거."

"예를 들어?"

알고 있는 걸 말해줘도 될까? 이제야 사실을 털어놓을 수 있는 애가 나타난 건가? 혹시 말도 안 된다고 비웃거나 콧방귀 뀌지는 않을까? 먼저 신뢰가 가야 하는데, 이 애는 생긴 것부터 하는 행동까지 어쩐지 믿음직스러웠다. 퍼갈은 어찌 되든 부딪쳐보기로 했다.

"아빠 엄마한테는 말하면 안 될 것 같은 거. 보통 통조림에선 찾을 수 없는 거. 비밀스럽고…… 오싹한 거 말이야."

여자애가 집중하며 퍼갈을 바라보았다.

"오싹해?"

"어."

"징그럽고?"

퍼갈은 고개를 끄덕였다.

"흐음."

여자애의 표정을 보니, 사실대로 털어놓은 게 옳은 결정이었다는 생각이 들었다.

"좋아." 여자애가 말했다. "그럼 이렇게 하자. 통조림을 나누는 거야."

"나눠? 어떻게?"

"돈을 반씩 내서 둘 다 가지는 걸로 하자. 안에 뭐가 있든 말이야. 한 주씩 번갈아 갖는 거지."

설명만으로는 충분히 공평해 보였다. 하지만…….

"그럼 누가 먼저 가지는데?" 퍼갈이 물었다. "나? 아니면 너?"

"나지. 내가 먼저 한 주 동안 갖고 있을 테니까, 그다음에 네가 가져."

"무슨 수로 갖다줄 건데?"

"음…… 네가 우리 집에 와서 가져가도 되고."

퍼갈은 아직도 확신이 서지 않았다. 누군가의 집, 심지어 여자애의 집에 초대받은 적은 한 번도 없었기 때문이다.

"네가 어디 사는지도 모르는데." 퍼갈이 말했다. "어디 살아?"

"멀진 않아. 넌?"

"나도 안 멀어."

"그럼 됐네."

"정말 이 주변에 사는 거 맞아? 우리 학교에서 본 적이 없는데."

퍼갈은 의심스럽다는 눈초리를 보내며 물었다.

"다니는 학교가 다르니까 그렇지. 그렇게 치면, 나도 우리 학교에서 널 본 적 없거든?"

"어디 다니는데?"

"세인트 헬렌."

"여학교잖아."

"그러니까 서로 못 본 게 당연하지."

"그렇네."

퍼갈은 잠시 통조림을 꽉 쥐었다가 놓아주었다.

"좋아." 퍼갈이 말했다. "널 믿어보겠어."

보통은 여자애를 믿는 경우가 거의 없지만, 그 애가 통조림 수집가라면 예외로 할 수 있었다.

"그래, 그럼." 여자애가 말했다. "나도 널 믿을게."

여자애가 통조림을 흔들었다. 달그락거리는 소리가 났다.

"특별한 통조림이 맞았어!"

퍼갈이 소리치자, 여자애는 고개를 끄덕이며 퍼갈에게 통조림을 내밀었다.

"식섭 들어봐."

여태까지 산 통조림 가운데 가장 가벼웠다. 흔들자 안에서 아주 희미하게 무언가가 달그락거렸다.

"이런 거 몇 개나 봤어?"

다른 사람이 혹시나 들을까 걱정된 퍼갈은 소리를 낮춰 속삭였다.

"두 개." 여자애가 말했다. "넌?"

"두 개." 퍼갈이 말했다. "나도 똑같아."

"뭐가 있었어, 네가 찾은 통조림엔?"

또다시 갈등이 생겼다. 이 애는 진정한 동료 수집가인 동시에 라이벌이기도 하다. 그쪽의 비밀 하나를 듣는다는 조건 없이 이쪽 비밀만 알려줄 수는 없었다.

"좋은 거 하나랑 역겨운 거 하나." 퍼갈이 대답했다. "넌?"

"나도." 여자애가 말했다. "좋은 거하고, 토 나오는…… 좀 이상한 거."

"네가 찾은 거 하나를 말해주면 나도 내가 찾은 걸 말해줄게."

"좋아, 그럼. 내가 맨 처음에 찾은 건……."

막 비밀을 교환하려는 순간, 밤필드 부인이 쇼핑카트를 끌고 두 사람 앞에 나타났다.

"퍼갈, 여기 있었구나! 계속 찾아 돌아다녔잖아. 어쩐지 세일 바구니 앞에 있을 것 같더라. 어머…… 친구 사귄 거니?"

그때 여자애의 엄마임이 틀림없어 보이는 아줌마가 카트를 끌고 다가왔다. 삐친 머리에 안경을 쓴 아줌마의 카트 역시 밤필드 부인의 카트와 마찬가지로 물건들로 가득 차 곧 넘칠 것만 같았다.

"샬롯, 여기 있었구나! 뭘 하고 있는 거니? 10분 전에 과자 코너 앞에서 만나기로 했었…… 어머나…… 아는 아이니?"

퍼갈은 샬롯을 바라보았다. 샬롯도 퍼갈 쪽으로 고개를 돌렸다. 어색한 통성명 없이 서로의 이름을 알게 된 순간이었다.

"안녕하세요. 따님이신가 봐요?"

"아드님이세요?"

심장이 쿵 내려앉았다. 끝없는 수다가 시작될 것 같았다.

"퍼갈이에요."

"앤 샬롯이에요."

"어느 학교 다녀요?"

"세인트 헬렌요."

"아, 퍼갈은 바로 이 옆에 있는 학교에 다녀요. 이 동네에 사세요?"

"몇 달 전에 이사 왔어요."

"어머, 그렇구나. 샬롯은 친구를 많이 사귀었나요?"

"음, 글쎄요. 많이 사귄 것 같지는 않더라고요."

샬롯의 엄마가 목소리를 조금 낮추어 말을 이었다.

"애가 조금…… 혼자 노는 걸 좋아해요."

"퍼갈도 그래요."

"관심 있는 분야도 유별나고."

"퍼갈도 마찬가지죠."

퍼갈과 샬롯은 엄마들의 대화를 들으며 어색하게 서 있었다. 마치 뻔뻔한 농부 둘이 소 품평회에 와서 각자 자기 송아지를 자랑하는 것 같았다.

"보는 사람들마다 천재 같다고 하더라고요."

샬롯 엄마가 턱으로 딸을 가리키며 말했다.

"퍼갈도 그런 소리 많이 들어요."

밤필드 부인도 지지 않고 받아쳤다.

"학교 공부 잘하는 그런 천재는 아니고요."

혹시나 오해하지 않을까 하는 걱정에 샬롯 엄마가 주저하며 덧붙였다.

"아, 퍼갈도 그래요."

"음, 그것보단 뭔가…… 하여튼 다들 천재적이라고 그래요."

"맞아요."

"생각하는 거나, 뭐 그런 것 말예요."

엄마들은 마주 보며 미소 지었다. 동료 수집가를 만난 아이들과 마찬가지로, 엄마들도 비슷한 자녀 문제로 고민 중인 동지를 만나게 되어 아주 반가운 눈치였다.

카트가 길을 막고 있어, 두 부인은 편하게 이야기를 나눌 수 있는 구석 쪽으로 자리를 옮겼다.

"사실 퍼갈이 참 특이한 취미를 가지고 있어요."

"샬롯도요."

"통조림을 모은답니다."

"통조림요? 재미있네요. 샬롯도 통조림을 모으거든요. 언제부터더라? 예전에……."

두 부인은 소금에 절인 생선처럼 수다에 폭 빠져 낮은 목소리로 떠들기 시작했다. 이야기의 주제인 아이들의 존재에 대해서는 이미 까맣게 잊은 듯했다.

샬롯은 다시 한 번 통조림을 흔들어보고 퍼갈에게 건네주었다.

"어떻게 생각해?"

"흥미로워." 퍼갈이 고개를 끄덕였다.

"빨리 열고 싶다." 샬롯이 말했다.

"나도."

"우리 집에 올래, 아니면 내가 너희 집에 갈까?"

"상관없어."

"그럼 네가 와. 같이 열어보자."

"그래."

"그리고 가장 좋아하는 통조림을 가져와."

"벌써 열었는데?"

"그럼 그 안에 들어 있던 걸 가져와."

그러기에 앞서 먼저 경고를 해줘야 할 것 같았다. 섬세하고 예민한 여자애라면, 아무리 재미있다 해도 잘린 손가락을 달가워할 리 없으니까.

"그중 하나는 정말 징그러울 수도 있어."

"난 괜찮아."

다행히 샬롯은 심세힘이니 예민함과는 거리가 멀어 보였다.

"징그러울수록 좋지." 샬롯이 말했다. "걱정 말고 가져와. 나도 어차피 징그러운 걸 갖고 있으니까."

퍼갈은 호기심에 가득 찬 표정으로 샬롯을 바라보았다. 제아무리 징그럽다 해도 손가락만은 못할 거라 생각하며.

"얼마나 징그러운데?"

"꽤 징그러워."

"어디에 보관해?"

"냉동고에."

둘의 눈이 마주쳤다. 말은 하지 않았지만 뭔가 통하는 게 있었다. 퍼갈은 천천히 고개를 끄덕였다.

"한번 보고 싶다."

"내일 올래?" 샬롯이 물었다.

"일요일? 좋아. 엄마한테 어떻게 둘러댈지만 생각해놓으면……."

하지만 그럴 필요는 없었다. 이미 엄마들이 언제 놀러 가고 놀러 올지 약속을 모두 잡아놓은 상태였다.

"얘, 샬롯……."

"퍼갈……."

"여기 퍼갈 아줌마랑 얘기해봤는데……."

"방금 만나긴 했지만, 들어보니까 샬롯이……."

"그래서 생각한 게……."

"이러면 어떨까 해서……."

그때 샬롯이 끼어들었다.

"엄마, 내일 우리 집에 퍼갈을 초대해도 돼?"

덕분에 훨씬 길어질 뻔한 말이 짧게 끊어졌다.

"그럼. 퍼갈 어머님만 허락하시면."

"저는 괜찮아요. 너도 밖에 나가서 노는 거 괜찮지, 퍼갈? 방에서 그…… 통조림만 들여다보고 있지 말고."

"아, 맞다, 통조림. 샬롯도 통조림을 좋아한단다. 그렇지, 샬롯?"

이런 식으로 아이들을 붙여놓으면 자연히 통조림 같은 이상한 것에 대한 관심을 버리고 친구와 어울리겠지, 하는 게 두 엄마의 생각이었다. 뭐 그렇게 되지 않는다 하더라도, 비슷한 처지의 아이를 둔 엄마를 발견했다는 것 자체가 서로에게 엄청난 위안이 되었다. 동지는 많을수록 좋은 법이다.

그래서 퍼갈은 다음날 샬롯의 집에 놀러 가게 되었다. 퍼갈은 엄마들 몰래, 가장 마음에 드는 통조림 내용물을 갖고 가기로 샬롯과 약속했다. 서로 찾은 것을 비교하며 같이 머리를 굴려보기로 했다.

퍼갈은 새로 고른 통조림 값의 반을 샬롯에게 건넸고, 샬롯은 받은 돈에 자기 돈을 합쳐 계산을 마쳤다.

"열면 안 돼." 퍼갈이 말했다. "나 없는데 먼저 열면 절대 안 돼."

"걱정 마." 샬롯이 말했다. "난 믿어도 돼."

그럴 수 있기를 바랐다. 동료 수집가를 믿지 못한다면, 이 세상에 누구를 믿을 수 있겠나?

8장
귀 통조림

"뭐 하니, 퍼갈?"

밤필드 부인의 목소리가 들려왔다.

"아무것도 아녜요."

"차고에서 뭐 해?"

"아무것도…… 잔디 깎기 기계 구경해요…… 신발도 찾고……."

엄마 목소리가 높아지기 시작했다.

"이러다 늦어, 퍼갈!"

그건 아무래도 괜찮았다. 그것보다 대체 어디 있는 거지? 손가락이 어디로 갔지?

"준비됐니?"

"거의요."

"거의라면 얼마나 됐다는 소리니?"

무슨 소리긴…… 거의가 거의지…… 거의 다 됐다는…… 아니, 대체 손가락이 어디로 간 거지? 분명히 비닐로 싸서 냉동 햄버거와 피자 밑에 숨겨놓았던 것 같은데.

"우리, 이러다 늦는다고. 안에서 뭐 하는 거야?"

"아무것도요."

"그 아무것을 몇 분씩이나 하고 있잖아."

"잠시만요!"

퍼갈은 피자들을 모두 꺼내 바닥에 내려놓았다.

"쩌길!"

점점 지치고 짜증이 났다. 엄마는 왜 꼭 데려다주려는 걸까? 별로 멀지도 않던데, 나 혼자 걸어가면 안 되나?

"퍼갈!"

아직도 손가락은 보이지 않았다.

"퍼갈!"

엄마가 가까이 오고 있었다. 목소리가 점점 커졌다.

그때 마침내 비닐봉지에 든 손가락이 보였다. 냉동고 안의 다른 바구니 아래로 굴러 들어가 있었다. 누군가 냉동고 문을 세게 닫는 바람에 밀려난 것 같았다.

비닐봉지를 집어 바지 주머니에 넣는 순간, 밤필드 부인이 차고로 들어왔다.

"퍼갈, 냉동고 앞에서 뭐 하니?"

"저요?"

"너 말고 누가 있어? 피자는 왜 다 꺼내놓은 거야?"

퍼갈은 옆에 잔뜩 꺼내놓은 피자를 보며 무슨 말을 해야 할까 머리를 굴렸다.

"하나 가져갈까 해서요."

엄마가 퍼갈을 이상하다는 듯이 바라보았다.

"뭐?"

"샬롯한테 하나 갖다주려고요."

"냉동 피자를?"

"네."

"왜?"

"그러니까…… 음…… 놀다가 배가 고파질 수도 있잖아요……."

"냉동 피자를 갖고 친구 집에 놀러 간다는 소린 태어나서 처음 들어보는구나."

"하긴 그래요. 그럼 과자를 좀 가져갈까요?"

퍼갈은 능청스럽게 물었다.

"아니, 안 돼!"

"그냥 물어본 거예요."

"그렇겠지. 이제 피자 집어넣고 빨리 가자."

"제가 알아서 걸어가면 안 돼요?"

"아니, 괜찮아. 태워다줄게."

엄마는 한시라도 빨리 샬롯 아줌마를 만나 천재적인 자녀들에 대해 수다를 떨고 싶은 게 분명했다.

어쨌든 그렇게 해서 차를 타고 샬롯의 집에 가게 되었다.

퍼갈은 주머니 속의 손가락이 걱정되기 시작했다. 지금쯤이면 얼었던 손가락이 녹기 시작했을 거다. '해동된 손가락'이라니. 그렇게 되면 주머니가 축축해지면서 손가락이 점점 말랑말랑해지겠지. 걸을 때 손가락 관절들이 접힐지도 모른다.

우웩.

다른 쪽 주머니에는 금 귀걸이가 들어 있었고, 들고 온 작은 배낭 안에는 겉옷과 휴대폰, 수집일기, 손가락이 들어 있었던 통조림 깡통이 있었나. 최대한 많은 것을 기저가야 수수께끼를 푸는 데 도움이 될 것 같았다. 그렇게 생각하고 보니 처음 귀걸이를 찾았던 통조림 깡통을 버린 게 아쉬웠다.

퍼갈은 샬롯에 대해 생각했다. 원래 친구가 거의 없긴 했지만, 여자애들과는 아예 말도 섞지 않는 퍼갈이었다. 하지만 지금 이 상황만큼은 예외였다. 통조림에 얽힌 수수께끼를 풀기 위해서라면, 그 나이 또래의 애들이 이성에 대해 갖고 있는 반감 같은 것은 잠시 접어두어야 했다.

차가 샬롯의 집 앞에 멈추었다. 퍼갈의 집과 별다를 바 없어 보였다. 비슷해 보이는 거리에, 정원이 딸린 평범한 가정집이었다. 예상대로 샬롯 엄마는 밤필드 부인에게 커피를 마시고 가라고 제안했고, 퍼갈이 샬롯을 따라 방으로 올라가자 엄마들의 대화가 다시 시작되었다.

샬롯 페티그루의 방은 마치 그 애의 머리카락 같았다. 아무리 깔끔하게 빗질하고 묶어도 10분만 지나면 다시 엉클어지는. 게다가 샬롯이 수집한 통조림들이 아예 책장 하나를 모두 차지하고 있었다.

퍼갈처럼 라벨이 없는 것만을 모으고 있지는 않았다. 빛이 바래고 구식으로 디자인된 라벨이 붙은 통조림도 몇몇 있었는데, 딱 봐도 수십 년 전에 만들어진 듯이 보였다.

샬롯은 쓸데없는 수다나 예의 차리는 소개 따위 없이 단도직입으로 본론에 들어갔다.

"그래, 가져왔겠지?"

퍼갈은 고개를 끄덕이고는 책장을 보며 물었다.

"네 통조림들이야?"

"아니면 뭐겠어."

"라벨이 있네?"

"있는 것도 있지. 고물상이나 벼룩시장 같은 데서 사 모은 거야. 아니면 선물로 받거나. 비싼 것도 꽤 있어. 저기, 저거 보이지······."

샬롯이 '절인 쇠고기'라고 쓰인, 빨간색과 흰색의 낡은 라벨을 달고 있는 통조림을 가리켰다.

"저게 왜?"

"저게 50파운드(한국 돈으로 10만 원 내외:옮긴이)야."

"설마."

"진짜야."

"저거 하나 사려고 50파운드를 냈어?"

"내가 산 건 아니고 삼촌이 사줬어. 생일 선물로. 세상엔 백 파운드 넘는 통조림도 있어. 천 파운드 넘어가는 것도 있을걸? 남극 탐험에 로버트 스콧이 가져갔던 거라든가, 마르코 폴로 같은 사람이 갖고 있었던 통조림이라면 부르는 게 값일 거야."

퍼갈은 의심스러운 눈빛으로 샬롯을 보았다.

"마르코 폴로가 살았을 때 절인 쇠고기 통조림 같은 게 있었나?"

"없었겠지. 그냥 예를 들어본 거야. 이제 빨리 뭐가 들어 있었는지 보여줘."

퍼갈은 주머니에 손을 넣어 비닐에 싸인 축축한 손가락을 잡았다.

"그보다, 네 건 어디 있는데?"

"서랍에 있어."

"그리고 어제 사 온 통조림은?"

"여기."

샬롯이 약속했던 대로 통조림은 밀봉된 상태 그대로 창문가에 놓여 있었다. 그 옆에는 통조림따개가 있었다.

"그래? 그럼 어떡할까? 먼저 내 물건부터 보여줄까, 아니면 저것부터 딸까?"

샬롯은 잠시 주저하다가 대답했다.

"퍼갈, 너 먼저 보여줘."

"징그러운 거 먼저, 아님 안 징그러운 거 먼저?"

"안 징그러운 것부터."

"좋아. 이게 내가 처음 찾은 거야."

퍼갈은 주머니에서 작은 금 귀걸이를 꺼내 탁자에 내려놓았다.

"침 귀걸이잖아."

"맞아."

"재미있네."

"샬롯, 넌 뭘 찾았는데?"

"이거."

샬롯도 서랍에서 뭔가 꺼내 귀걸이 옆에 놓았다.

"반지잖아."

"어."

"만져도 돼?"

"그럼. 맘대로 살펴봐."

"이니셜이 쓰여 있는데?"

"도장반지야."

"도장반지?"

"뭔지 몰라?"

"반지에 대해선 잘 몰라서."

"주인 이름이 새겨져 있는 반지가 도장반지야."

"왜? 아저씨들이 자기 이름 까먹기도 하고 그러나?"

"아저씨인 줄 어떻게 알아?"

"아니, 그러니까 누구든."

"몰라. 그냥 예쁘라고 그런 것 같아. 설마 이름 기억하려고 그러겠어?"

"나도 모르겠다. 뭐라고 쓰여 있는 거야?"

"J. D. S."

"재미있네."

"내 말이."

"금 같아. 귀걸이도 금인데."

"금 맞아. 우리 엄마가 그랬어."

"엄마한테 보여줬어?"

"보여줬으니까 금인 줄 알겠지."

"너, 여자애치곤 엄청 다혈질인 것 같다."

"여자애가 다혈질이면 안 되는 거야? 물론 내가 다혈질이란 소리 아니지만, 난 다혈질이면 안 되는 이유라도 있어?"

퍼갈은 잠시 생각해보았다.

"아니. 없는 것 같다."

"좋아, 그럼. 자, 이제 징그러운 걸 꺼내봐."

퍼갈은 주머니에서 축축한 비닐봉지를 꺼냈다.

"눈 감아."

"장난치지 말고."

"장난치려는 거 아냐."

"알았어."

"책상 위에 놓을게."

침대 위에는 놓고 싶지 않았다. 이불 위에 얼룩이라도 남으면 큰일이니까.

샬롯이 눈을 감았다.

"몰래 보지 마."

"빨리 꺼내기나 해."

퍼갈은 봉지에서 손가락을 꺼내 책상 위에 비닐을 깔고 그 위에 올려놓았다. 이젠 물컹물컹한 죽은 손가락을 계속해서 만져도 아무렇지 않았다. 이러다가 커서 장의사나 시체처리사, 외과의사가 되는 건 아닐까.

"다 됐어. 이제 눈 떠도 돼."

샬롯이 눈을 떴다.

"으아! 징그러워! 더러워! 완전 엽기잖아!"

샬롯이 얼마나 크게 소리쳤던지, 페티그루 부인이 아래층에서 괜찮냐고 물어왔다.

"무슨 일 있니? 둘이 잘 놀고 있어?"

"어, 엄마. 그냥…… 카드게임 하고 있어."

"그래, 조금만 목소리 좀 낮추렴."

다시 부엌문이 닫혔다.

샬롯은 손가락을 물끄러미 바라보았다. 주인 잃은 손가락치곤 꽤 오랫동안 안전하게 보존되어온 셈이었다. 물론 서서히 썩어가는 중이긴 했다. 점점 괴사한 피부의 색을 띠어가면서 희미하지만 기분 나쁜 냄새를 풍기고 있었다.

퍼갈의 우려와는 달리, 샬롯은 손가락이 마음에 든 모양이었다.

"우와, 대박이다. 징그럽다 해도 이런 것일 줄은 몰랐어. 정말 징그럽고 역겨워. 대박이야."

그러고는 퍼갈이 허락하기도 전에 손가락을 집어 불빛에 비추어 보았다.

"흠……."

"왜?"

"아냐. 잘못 본 걸 수도 있어."

"뭐가?"

"여기 봐봐."

"어디?"

"여기. 이 아래, 잘린 부분 바로 위."

"그게 왜?"

"빙 둘러서 무슨 자국이 있잖아."

"어, 알아. 나도 봤어. 뭘까?"

"글쎄, 잘리면서 생긴 자국일 수도 있고. 아니면 다른 것일 수도 있겠다."

"다른 거 뭐?"

"반지 같은 거?"

샬롯은 손가락을 이리저리 굴려보다가 다시 비닐봉지 위에 내려놓았다.

"좋아." 퍼갈이 말했다. "이제 그럼 네 거를 보여줘. 정말 징그러운 거 맞아?"

"걱정 마." 샬롯이 말했다. "이것만큼 징그러우니까. 아니다, 더 징그러울 수도 있어."

"글쎄?"

"보면 알 거야."

"알았어. 그러니까 빨리 보자고."

"본다고 네 입으로 분명히 그랬다? 기절하지나 마."

"나, 남자거든?"

샬롯은 '그래서 뭐? 그렇다고 달라지는 게 있어?' 따지는 표정으로 퍼갈을 바라보았다.

"빨리. 어디 있는데?" 퍼갈이 물었다.

"여기."

샬롯은 '향이 강한 민트'라고 쓰여 있는 작은 통조림 하나를 서랍에서 꺼냈다. 아까의 쇠고기 통조림처럼 낡은 라벨을 달고 있었는데 뚜껑이 반쯤 열려 있었다.

"나도 냉동고에 보관해뒀거든." 샬롯이 말했다. "아직 완전히 녹진 않은 것 같아."

"상관없어."

샬롯은 책상 위에 있는 작은 선인장 화분 아래에서 물 받침대를 꺼냈다.

"너도 눈 감아."

퍼갈은 눈을 감았다. 뚜껑을 뜯어 책상에 내려놓는 소리가 났다. 이어서 뭔가 천천히 통조림 벽을 타고 샬롯의 손에 떨어져 물 받침대 위에 놓였다.

"됐어. 이제 떠."

퍼갈은 눈을 떴다. 곧바로 눈이 휘둥그레졌다.

"우와!"

"봐, 내가 말했잖아."

"진짜 징그러워!"

"그렇지?"

"진짜 같아 보이는데?"

"진짜거든?"

"세상에! 완전 징그러워!"

"그렇니까? 대박 징그럽지!"

샬롯이 자랑스러운 목소리로 말했다.

"손가락만큼 좋은데? 그러니까 손가락만큼 징그럽다고."

"손가락보다 더하지."

"그건 잘 모르겠다."

"난 알겠는데? 그건 그렇고, 안 만져볼 거야?"

"만져봐도 돼?"

"무섭지 않으면."

"안 무서워."

"그래, 그럼 만져봐."

"알았어, 알았어."

퍼갈은 손을 뻗어 물 받침대 위의 물체를 만졌다. 차갑고 딱딱한 그것이 점점 축축하고 물렁물렁해지는 게 느껴졌다. 퍼갈은 귓불 부분을 집어 왼손바닥 위에 내려놓았다.

귀였다. 인간의 귀. 귀걸이가 들어갈 만한 작은 구멍이 뚫린 인간의 귀였다.

"귀잖아." 퍼갈이 말했다. "사람 머리에서 잘려 나온."

퍼갈은 귀에서 샬롯으로, 이어 녹아가는 손가락 쪽으로 시선을 옮겼다.

"저기, 있잖아……."

갑자기 속이 바싹 타들어가는 것 같았다.

"혹시 말이지……."

퍼갈은 입술을 축인 후 다시 말을 이었다.

"꼭 사람 하나가…… 죽은 것 같지 않아?"

샬롯은 헝클어진 머리카락 사이로 퍼갈을 바라보았다.

"충분히 가능해. 아니라곤 할 수 없겠지."

9장
모험은 계속되어야 한다

둘은 잠시 아무 말 없이 책상 위의 물체들을 관찰했다. 징그러운 것과 징그럽지 않은 것. 평범한 것과 엽기적인 것.

반지, 귀걸이, 그리고 방의 열기에 서서히 녹아가는 잘린 귀, 그리고 손가락.

"혹시 말이지……." 퍼갈이 말했다.

"뭐?"

"이 두 개가 같은 사람의 것일까?"

"그럴 수도 있겠지. 그런데 왜 그렇게 생각하는데?"

"저 자국 말이야. 손가락 주위로 둘러져 있는 거. 저 반지 자국 같은……."

그러자 샬롯이 반지를 퍼갈 앞으로 밀었다.

"껴봐. 손가락에 맞는지 한번 보게."

퍼갈은 당혹스러웠다. 반지 자국에 대한 말을 꺼낸 건 샬롯이 그래주길 바랐기 때문인데, 자기 꾀에 속아 넘어간 거다.

퍼갈은 손을 뻗어 왼손으로는 손가락을, 오른손으로는 반지를 들어 올렸다. 그러고는 마치 누군가에게 결혼반지라도 끼워주듯 조심스럽게 금반지 안으로 손가락을 집어넣었다.

"신랑, 퍼갈 밤필드는 열한 번째 손가락을 신부로 맞아들이시겠습니까?"

아니, 그럴 일은 절대 없다!

"어때?"

퍼갈은 샬롯이 볼 수 있도록 손가락을 눈높이로 들어 올렸다. 반지는 손가락 둘레에 딱 맞아떨어졌다. 계속 끼워져 있다가 손가락이 잘리면서 빠진 것처럼 보였다.

"우와!" 샬롯이 말했다. "그럼 저 귀걸이랑 귀는?"

퍼갈은 잠자코 있었다.

이제는 샬롯 차례였다.

샬롯은 조금도 주저함 없이 잘린 귀의 귓불에 귀걸이를 꽂았다.

"딱 맞아. 그런데 그럴 수도 있는 거 아닌가? 귀에 구멍 뚫어봤자 다 거기서 거기잖아. 귀걸이는 다 똑같은 크기로 나오니까. 꼭 한 사람 거라고 할 순 없을 것 같아……."

"그렇긴 해. 그렇게만 보면 그럴 수도 있어. 그런데 통조림 하나에선 귀걸이가 나오고, 다른 하나에선 귀가 나왔다는 건……."

"같은 사람의 것일 가능성이 아주 높다는 거지."

그러면서 샬롯이 고개를 끄덕였다.

둘은 창문가로 시선을 옮겼다. 함께 세일 바구니에서 고른 새 통조림이 놓여 있었다.

"이제 열어볼까?"

샬롯의 말에 퍼갈은 고개를 끄덕였다.

"그러는 게 좋을 것 같다."

샬롯은 통조림따개를 들어 올렸다.

"내가 해?"

"그리고 싶으면."

"알았어."

샬롯은 마지막으로 한 번 더 통조림을 흔들어보았다. 다시 들어보니 달그락 소리보다는 뭔가 작고 부드러운, 동그란 젤리 같은 것이 이리저리 부딪치는 소리 같았다.

"이게 말이지, 또 다른 한 부분일 수 있지 않을까?"

퍼갈이 말했다.

"무슨 한 부분?"

"시체 말이야."

"시체?"

"시체가 없는데 귀랑 손가락이 어떻게 통조림 안에 들어갔겠냐?"

"공장에서 일하다 사고가 나서 잘린 걸 수도 있잖아."

"하긴 그래. 손가락이랑 귀가 잘렸으면…… 꽤 큰 사고였을 텐데."

샬롯은 반지와 귀걸이를 끼고 있는 손가락과 귀를 자세히 살펴보았다.

"그러고 보면 이 두 개가 같은 사람 것인지도 확실치 않아."

"그런데 이런 절단사고가 두 사람한테 따로 생긴 것도 좀 이상하잖아."

"지금 안 이상한 게 어디 있어?"

"잠깐. 내가 한번 들어볼래."

퍼갈은 샬롯에게서 통조림을 건네받아 진지한 표정으로 귀에 대고 흔들어보았다. 와인 잔에 따른 와인을 마시기 전에 향을 맡아보던 아빠의 모습이 떠올랐다.

"엄청 끔찍한 게 나올 경우도 대비해야 할 것 같다."

"끔찍한 거? 지금 내가 생각하고 있는 그거?"

샬롯은 창백해진 얼굴로 입술을 꼭 다물었다.

퍼갈은 고개를 끄덕였다.

"어, 그거."

"눈알?"

"어. 두 개일 수도 있어."

"두 개! 눈알 두 개라고?"

"그냥 내가 열까?"

어울리지 않는 용기와 보호본능이 순간 퍼갈의 마음속에 마구 샘솟았다. 물론 곧바로 그 말을 한 걸 후회했다.

"괜찮아." 샬롯이 도도하게 대답했다. "눈알 하나쯤이야 별로 무섭지 않아."

"나도 안 무서워."

퍼갈도 맞받아쳤다. 그건 사실이었다. 눈알 하나는 별로 무섭지 않았다. 두 개일 때는 얘기가 다르지만…….

둘은 불안한 눈빛으로 라벨 없는 통조림을 바라보았다.

샬롯은 예전에 친구 생일파티 때 간 도예 공방에서 직접 만든 작은 장식용 접시를 꺼내 들었다. 분홍색으로 장미를 마구 그려 넣은 것이 퍼갈의 눈에는 너무 여성스러워 보였다.

샬롯은 접시 위에 놓여 있던 머리핀들을 치우고 통조림 아래에 접시를 받쳐놓았다.

"눈알일 수도 있으니까. 막 튀어 돌아다니면 안 되잖아. 책상에 물컹거리는 눈알 두 개가 굴러다니는 것처럼 끔찍한 게 어디 있겠어."

샬롯은 통조림따개의 칼날 부분을 뚜껑에 갖다 댔다.

"좋아. 이제 열 거니까, 보기 싫음 보지 마. 겁 많은 사람이 보면 큰일 날 수도 있어."

"난 아니거든!"

퍼갈은 신경질적으로 대답했다.

"알았어. 기절하고서 내 탓이나 하지 마."

손잡이를 꽉 쥐자 통조림 뚜껑에 구멍이 뚫리면서 안쪽으로 공기가 밀려 들어가는 소리가 났다. 샬롯은 손잡이를 빙글빙글 돌려 뚜껑을 잘라냈다.

"어때?"

"가만있어봐."

샬롯은 통조림 위에 접시를 대고 홱 뒤집었다. 그러고는 통조림을 들어 올렸다.

마침내 내용물이 눈앞에 드러났다.

"우웩!"

하지만 기대하던 '우웩'은 아니었다. 먹기 싫은 초록 채소 한 접시가 식사로 나왔을 때 내지를 만한 '우웩'이었다.

"우웩!"

"정말 토 나와."

접시 위에 있는 것은 커다랗고 둥그런 눈알 크기의……

버섯이었다.

퍼갈과 샬롯은 안도감과 동시에 실망감을 느꼈다.

"눈알일 줄 알았는데."

"나도. 완전 기대하고 있었는데."

"실망이야."

그때 밤필드 부인의 목소리가 통조림에 푹 빠져 있는 둘의 열띤 대화를 방해했다.

"퍼갈! 이제 가야지!"

소리가 어찌나 큰지 계단 위까지도 또렷이 들렸다.

퍼갈의 예상대로, 밤필드 부인은 여태 집에 돌아가지 않고 머물러 있었다. 시계를 보니 온 지 두 시간이나 지나 있었다. 커피 한 잔을 두 시간 동안 마시며 샬롯 엄마와 수다를 떤 거다.

"이만 가야겠다."

"손가락은 어떡할래? 여기 놔두고 갈래?"

퍼갈은 샬롯을 믿어야 할지 잠시 고민해보았다. 두고 갈까? 그러다 자칫하면 영영 다시는 못 보게 될지도 모른다. 아니, 아예 그렇게 되는 게 더 편할 수도 있겠다는 생각이 들었다. 냉동고에 손가락을 숨기느라 절절매는 일은 없을 테니까.

"알았어. 잘 보관해야 해."

"그럼, 당근이지. 그런데 이제 이 일을 어떻게 처리하지? 경찰서에 가서 신고할까? 살인사건이 일어난 것 같다고?"

말하면서 샬롯의 눈이 반짝 빛났다.

"살인사건이란 확실한 증거도 없는데? 그냥 통조림 공장에서 사고가 난 걸 수도 있잖아."

"증거가 조금만 더 있다면……."

"아직은 없어. 적어도 아직은. 하지만 계속 통조림을 찾아다니다 보면…… 또 뭔가를 찾게 된다면, 그땐 괜찮을 거야. 어때?"

"좋아."

샬롯은 고개를 끄덕이며 말을 이었다.

"계속 세일 바구니를 뒤져보자. 그러다 뭐라도 찾으면……."

"서로 알려주는 거야."

"알았어. 약속한 거다."

샬롯이 약속의 표시로 손을 내밀었다. 퍼갈은 샬롯이 내민 손을 맞잡고 흔들었다.

"퍼갈! 갈 시간이야!"

또다시 밤필드 부인의 목소리가 들려왔다.

퍼갈은 샬롯을 돌아보았다.

"이제 진짜 가야겠다."

"어."

"빨리 휴대폰 번호랑 이메일 주소 좀 적어줘."

"아니, 네 것을 줘. 그 번호로 내 주소를 보내주면 되잖아."

"알았어."

퍼갈은 종이 위에 휴대폰 번호를 재빨리 휘갈겨 썼다.

"여기. 그리고 손가락 정말 잘 보관해야 해. 난 귀걸이만 가지고 간다."

퍼갈은 잘린 귀에서 귀걸이를 빼내 주머니에 집어넣고는 비닐봉지로 손가락을 감싸 샬롯에게 건넸다.

"귀랑 같이 냉동고 안쪽에 숨겨놓을 거니까 걱정 마."

샬롯이 미소 지었다.

둘 사이에 알게 모르게 일종의 연대감이 느껴졌다.

"그럼 나중에 보자."

샬롯은 퍼갈을 현관까지 배웅해주었다.

"진짜 흥미진진한걸. 안 그래?"

퍼갈이 대꾸할 겨를도 없이, 샬롯 엄마가 그 소리를 듣고 물었다.

"뭐라고, 샬롯? 뭐가 흥미진진하다고?"

"아…… 아니야, 아무것도."

샬롯은 잽싸게 퍼갈에게 마지막 인사를 했다.
"안녕, 퍼갈. 또 봐."

집에 가는 길에 퍼갈은 곰곰이 고민해보았다. 왜 어른들은 아이들이 뭘 하든 그렇게 참견하려 드는 걸까? 하지만 생각해보니 이쪽도 이상하긴 마찬가지였다. 아이들은 뭐 그리 대단한 걸 한다고 어른들에게 그토록 숨기려 하는 걸까? 또 아이들이 뭔가를 숨기면, 어른들은 왜 그렇게 쉽게 속아 넘어가는 걸까?

퍼갈은 궁금했다. 손가락에 대해 모두 털어놓고, 그 손가락을 다시 찾아와 엄마에게 보여주며 "이게 샬롯하고 제가 한참 동안 토론했던 주제예요. 어떻게 생각하세요?" 하고 물으면 어떻게 될까?

엄마는 어떻게 반응할까? 분명 둘 중 하나일 거다. 제대로 듣지도 않고 "훌륭하구나, 퍼갈. 아주 대단해. 그래, 그 손가락. 아주 좋아." 하고 대충 말할지도 모른다.

아니면 충격을 받고 비명을 지르며 실신할지도 모른다.

퍼갈은 아무 말도 하지 않기로 했다. 엄마가 실신할지도 모르니까. 이미 일은 꼬일 대로 꼬여버렸다. 게다가 엄마가 쓰러지면 저녁은 어떻게 먹을 것인가?

손가락이 그토록 위험할 수 있다는 것이 재미있었다. 생각해보면 손가락 하나로 참 많은 것을 할 수 있다. 미사일 발사 버튼을 누를 수도 있고, 권총의 방아쇠를 당길 수도 있다. 위험한 게 당연할지도 모르겠다는 생각이 들었다.

비록 죽은 손가락일지라도 말이다.

잘렸을지라도.

10장
결정적 단서를 찾다

길고 긴 3주가 흘렀다. 퍼갈과 샬롯은 각자 열심히 통조림을 찾아 돌아다녔다. 세일 바구니가 있는 가게라면 빠짐없이 들어가 라벨 없는 통조림이 있나 확인해보았다.

결국 단서가 될 만한 것을 찾은 사람은 퍼갈이었다. 학교에 입고 다닐 새 바지를 사기 위해 아빠와 함께 집에서 멀리 떨어진 쇼핑몰에 갈 일이 생겼는데, 그곳 마트에서 발견한 것이다.

사실 바지쯤이야 집 근처 가게에서 살 수도 있었다. 하지만 밤필드 부부는 퍼갈에게 절대 아무 옷이나 입히지 않았다. 반드시 티머슨 백화점의 바지여야 했다. 퍼갈이 갖고 있는 셔츠, 바지, 양말, 속옷 모두 티머슨 백화점에서 산 것들이었다. 이 부부에게 다른 곳에서 산 것은 아무 가치가 없었다.

바지를 산 뒤, 밤필드 씨는 잠시 5분만 골프용품 가게를 둘러보겠다고 했다. 여기서 5분이란 50여 분이란 사실을 경험을 통해 알고 있었기 때문에, 퍼갈은 그럼 그동안 쇼핑몰을 구경하러 다니게 해달라고 졸랐다.

"어차피 가게들이 다 붙어 있으니, 별일 없겠지. 휴대폰은 챙겼지?"

"네."

"계속 켜놔. 전화하면 받을 수 있게."

"알겠어요."

"그리고 몰래 초콜릿 사면 안 된다."

"안 사요. 아빠도 몰래 골프채 사기 없기예요."

"뭐? 미안, 뭐라고 하는지 못 들었구나."

"아무것도 아녜요."

"그럼 30분 있다가 골프용품 가게 앞에서 보자."

"네."

"좋아. 아, 그리고 퍼갈……."

"알아요, 아빠. 아무하고도 말하지 않고, 아빠가 보냈다고 말해도 낯선 사람 따라가지 않을게요."

"그래, 맞아."

밤필드 씨는 어린 아들이 쇼핑몰을 마음대로 돌아다니도록 풀어 놓는 게 과연 괜찮은 일일까 잠시 고민했다. 퍼갈이 멀어져 가는 모습을 지켜보다 문득 안쓰러운 마음이 들었다. 요즘 아이들은 교통사고와 유괴범들로 가득 찬 삭막한 사회 때문에 소년기에 누려야 할

자유를 빼앗겨버린 건 아닐까.

밤필드 씨는 뒤돌아 골프용품 가게로 들어섰다.

"어서 오세요, 손님." 직원이 반갑게 맞았다. "무엇을 도와드릴까요?"

왠지 오늘도 돈을 쓰게 될 것 같은 예감이 들었다.

비행기 격납고만 한 대형 마트가 곳곳에 위치한 넓은 쇼핑몰에서 세일 바구니를 찾기란 결코 쉬운 일이 아니었다. 몇몇 직원은 세일 바구니가 있다는 사실조차 모르고 있었다.

"미안, 주말에만 일해서 모르겠네. 주중엔 학교에 다니거든."

퍼갈은 나중에 커서 주말마다 마트에서 선반을 채우는 아르바이트를 하면 어떨까 생각해보았다. 괜찮을 것 같았다. 그럼 새 통조림이 들어올 때마다 가장 먼저 살펴보고 마음에 드는 걸 바로 살 수 있을 테니까.

문득 어려서부터 일을 할 수밖에 없는 가난한 나라의 아이들이 떠올랐다. 학교도 못 가고 휴일이나 주말도 없이 앉아서 양탄자나 신발을 만들며 노동을 착취당하는 아이들. 그렇게 되면 하루하루가 괴로울 것 같았다.

"저, 여기 혹시 세일 바구니 있나요?"

여기저기 헤매고 돌아다니는 데 지친 퍼갈은 결국 작업복 차림의 통통한 직원을 붙잡고 물어보았다. 명찰에는 '유니스'라고 적혀 있었다.

"저기 있단다, 꼬마야. 설탕 옆에. 용돈 가지고 왔니? 부서진 과자 같은 거 사먹으려고? 나도 너만큼 어렸을 때는 매일 그러면서 놀았단다. 어서 가보렴."

퍼갈은 고맙다고 인사하고 유니스가 일러준 곳으로 걸음을 옮겼다. 안타깝게도 그다지 흥미로운 것은 찾을 수 없었다. 퍼갈은 바로 마트를 나와 다시 쇼핑몰의 중앙 광장에 섰다.

시계를 보니 시간이 10분밖에 남지 않았다. 조금 있으면 아빠가 전화를 할 거다. "퍼갈, 어디니? 약속하지 않았니? 아까 분명히…… 시간 약속은 어기면 안 되지. 빨리 여기로 와!"

빨리 둘러보면 한 군데쯤 더 들를 수 있을 것 같았다. 퍼갈은 서둘러 가까이의 허름하고 작은 슈퍼로 들어갔다. 한눈에 봐도 다른 대형 마트들에 밀려 하락세에 접어든 구멍가게였다.

"저기요, 여기 세일 바구니 있나요?"

"모든 품목이 세일이란다."

퍼갈이 잔뜩 실망한 표정을 짓자, 직원이 미소를 지었다.

"보통 손님들 같으면 그런 소릴 듣고 실망하진 않을 것 같은데."

그러고는 계산대 쪽을 가리키며 말했다.

"저쪽에 있다. 나가는 길에."

퍼갈은 얼른 세일 바구니 쪽으로 가서 안에 담긴 것을 뒤져보았다. 평범한 회사의 평범한 물품들을 취급하는 슈퍼는 아닌 것 같았다. '네벡의 종합 견과류', '콜렌페커 사의 바삭바삭한 콘플레이크' 등 처음 들어보는 상표들만 가득했다. 그러면서도 포장은 집에서 사

먹는 유명 제품들과 아주 유사했다.

그러던 중 퍼갈은 세일 바구니를 살피고 있는 사람이 자기 혼자만이 아니라는 사실을 발견했다. 할머니 둘과 매부리코 아저씨도 세일 바구니를 뒤지고 있었다.

한 할머니가 라벨 없는 통조림 하나를 집어 들었다.

다행히도 사려는 것 같아 보이진 않았다. 같이 온 다른 할머니에게 보여주려는 것 같았다.

"이것 봐. 라벨도 없어. 난 라벨 없는 건 절대 안 사. 뭐가 들어 있을지 모르잖아. 게다기 텅 빈 것 같아. 콩 반쪽이나 들어 있을까?"

통조림은 다시 원래의 자리로 던져졌다. 떨어지는 소리가 마치 빈 깡통 같았다.

퍼갈은 재빨리 통조림을 집었다. 매부리코 아저씨도 흥미롭다는 눈길로 통조림을 보고 있었지만, 퍼갈만큼 빨리 통조림을 집어 가지는 못했다.

잡았다!

퍼갈은 통조림을 꽉 잡고 흔들어보았다. 할머니의 말이 맞았다. 엄청 가벼운 데다 거의 비어 있는데, 특별하고 알 수 없는 무언가가 들어 있었다.

"20펜스(400원 내외:옮긴이)란다."

계산을 하는데 휴대폰이 울렸다.

"네, 아빠."

"어디 있는 거니? 늦었어."

"가고 있어요."

퍼갈은 거스름돈을 받자마자 최대한 빠른 속도로 골프용품 가게까지 달려갔다.

"뭘 샀구나."

"네. 통조림이에요. 수집품요."

발치에 있는 가방들로 보아, 아빠도 수집품으로 골프채 몇 개를 산 모양이었다.

"자, 집에 가자."

차를 타고 집에 오는 길에 퍼갈은 새 바지가 든 가방과 통조림을 무릎 위에 올려놓았다. 그토록 열심히 찾아 돌아다닌 끝에 드디어 숨겨진 보물을 찾으니 뿌듯한 성취감과 자랑스러움이 동시에 느껴졌다.

도착하면 바로 샬롯에게 전화해야겠다. 이번 것은 왠지 작지만 결정적인 단서가 담겨 있을 것만 같았다.

"들어봐."

퍼갈은 샬롯의 귀에 대고 통조림을 흔들었다.

"이리 줘봐."

샬롯은 통조림을 넘겨받아 직접 흔들어보았다.

"또 몸의 일부일까?"

"만약 그렇다면, 이번엔 엄청 작은 것일 거야. 따개 어디 있어?"

"여기. 아까 네가 전화하자마자 갖고 올라왔어."

"그래, 열어보자. 내가 찾았으니까 여는 건 네가 해. 그래야 공평하잖아."

"맞아."

샬롯은 먼저 밖에 아무도 없는지 확인하고 조용히 방문을 닫았다. 그러고는 다시 제자리로 돌아와 따개를 들고 통조림 뚜껑을 따기 시작했다.

"어때?"

"잠깐 기다려봐."

샬롯은 책상에 내용물을 쏟아냈다.

"몸의 일부야?"

"아니, 종이쪽지 같은데?"

샬롯은 퍼갈에게 쪽지를 보여주었다. 더 이상 접히지 않을 때까지 접어놓은 지저분한 회색 종이뭉치였다.

"봐봐."

퍼갈은 종이뭉치를 펼쳐 책상 위에 내려놓고 손바닥으로 판판하게 폈다. 순간 손이 떨리고 안색이 창백해졌다.

"저, 저기, 뭐……."

말도 제대로 나오지 않았다. 퍼갈은 침을 삼키고 다시 말했다.

"저기 뭐, 뭐가 쓰여 있는데."

퍼갈을 가만히 바라보던 샬롯의 눈이 안경 너머에서 반짝였다.

"뭐라고 쓰여 있어?"

"읽어봐."

샬롯은 펼쳐진 종이를 내려다보았다. 구깃구깃한 종이 위로 뭉툭한 연필로 쓴 것 같은 모양새의 낱말이 딱 하나 보였다. 글씨 쓰는 게 영 익숙지 않은 어린아이나 못 배운 사람이 썼는지 필체가 삐뚤빼뚤했다.

한 낱말로 보이지 않을 정도로 각 글자가 띄엄띄엄 떨어져 쓰여 있었다.

살 려 주 세 요

11장
문제의 일련번호

"경찰에 신고하러 가자."

퍼갈이 먼저 제안했다.

"어차피 믿지도 않을 텐데? 우리가 만들어낸 건 줄 알걸? 통조림에서 찾았다는 소릴 누가 믿겠어."

"귀랑 손가락도 같이 갖고 가면 믿겠지."

"음…… 그럴 수도."

샬롯은 마지못해 수긍했다. 어쩌면 퍼갈의 제안이 맞는지도 모른다. 경찰서에 가서 손가락, 귀, 반지, 귀걸이, 쪽지까지 모두 넘기고 이 일에서 손을 떼는 거다.

하지만 솔직히 샬롯은 물론 퍼갈도 경찰에 일을 맡기긴 싫었다. 샅샅이 파헤쳐 무슨 이야기가 숨겨져 있는지 직접 알아낸 후에 경찰에 신고하고 싶었다. 수수께끼를 풀 기회를 다른 사람에게 넘겨주고 싶지 않았다.

생각해보라. 이 통조림들은 누구 것인가? 애초에 이런 이상한 취미를 갖고 다른 사람들의 눈총을 받아가며 열심히 통조림을 수집해온 사람들이 누구냔 말이다.

바로 퍼갈과 샬롯이었다. 그토록 열정적으로 찾아다닌 끝에 정말 끝내주게 흥미로운 통조림들을 겨우 손에 넣었는데, 그 안의 비밀을 이어달리기 바통 넘기듯 경찰에 건네줄 수는 없지 않은가. 이건 진정한 통조림 수집가의 신조이자 책임이었다.

퍼갈과 샬롯은 서로 눈빛을 주고받았다. 둘 다 같은 생각을 하고 있었다.

샬롯은 쪽지를 집어 안경 너머로 찬찬히 살폈다. 삼각형 모양인데, 가장자리 부분이 너덜너덜하게 찢어져 있었다.

"어디서 뜯어냈나 봐."

"종이 가방인가?"

"아니면 편지 봉투일 수도 있어."

"그럼 뭐가 어떻게 되는 거지?"

샬롯은 잠시 고민했다.

"모르겠어. 넌 뭐 생각나는 거 있어?"

"아니." 퍼갈이 대답했다.

"그래, 그럼 5분 동안만 논리적으로 생각해보자. 가능한 시나리오를 너 하나, 나 하나 생각해내서 거기서부터 찬찬히 추론해가는 거야."

정적 속에서 시곗바늘만이 째깍거리며 움직였다. 금방 5분이 지나갔다.

"뭐 떠오른 거 있어?" 샬롯이 물었다.

창밖을 멍하니 바라보던 퍼갈이 샬롯 쪽으로 시선을 돌렸다.

"들어봐. 어떤 사람이, 그냥 아저씨라고 할게, 이 아저씨가 무슨 공장 같은 데에 갇혀 있어. 통조림을 만드는 공장. 곧 누가 자기를 죽일 걸 아는데 도움을 요청할 방법이 없는 거야. 그래서 통조림에 쪽지를 담아 보내야겠다고 생각한 거지. 아저씨는 어찌어찌해서 쪽지를 넣는 데 성공했어. 어차피 통조림은 열리게 되어 있으니까 누군가 볼 수 있을 거라고 생각했겠지. 하지만 도움을 받아 살아날 확률이 아주 적다는 것도 알았을 거야. 언제 통조림이 열릴지 모르니까. 내용을 본다 해도 자기가 어디에 있는지 읽는 사람이 알 순 없을 테니까. 꼭 무인도 같은 곳에서 병에 편지를……."

"병이 아니라 통조림이지." 샬롯이 수정해주었다.

"맞아. 어쨌든 무인도 같은 데서 병에 편지를 담아 바다에 던져봤자, 언제 발견이 될지, 아니면 영영 떠돌아다닐지는 아무도 모르잖아. 천 킬로를 떠내려갈지, 아니면 이삼 킬로쯤에서 그칠지. 하지만 그러다 결국 누군가 그걸 보고 구조하러 올 수도 있는 거고."

"그럼 쪽지에 자기가 어디 갇혀 있다고 쓰면 되지 않나?"

"그건, 그 아저씨도 자기가 어디에 있는지 모르니까 그런 거지. 난파선을 타고 무인도로 떠내려 왔는데, 그 섬이 무슨 섬인지 모르겠는 거랑 똑같은 거야. 공장이긴 공장인데 무슨 공장인지, 어디에 있는 공장인지 모르는 거지. 아니면 그걸 써넣을 시간이 없었거나. 아니면 종이가 너무 작았거나. 아니면……."

"알았어!"

끊임없이 이어지는 퍼갈의 말을 샬롯이 딱 끊었다.

"무슨 뜻인지 알겠으니까, 원래 하려던 얘기나 계속해봐."

"그게 다야." 퍼갈이 말했다. "그게 내가 떠올린 이야기야."

"그럼 손가락이랑 귀랑 반지랑 귀걸이는?"

"아, 그 부분. 이미 너무 늦어버린 거지."

"뭐라는 거야?"

"결국엔 죽어서 토막 난 채 그 쪽지랑 같이 통조림에 담긴 거지. 우리가 쪽지를 발견했을 땐, 이미 게임 오버."

"그런데 왜 통조림에 넣어? 네 말마따나, 모든 통조림은 결국엔 누군가 열어볼 게 뻔한데, 사람을 죽이면 증거를 인멸하려 할 거 아냐. 그런데 왜 통조림에 넣어? 시체가 나오면 바로 경찰서에 신고할 텐데."

퍼갈은 가소롭다는 표정으로 샬롯을 바라보았다.

"우린 신고 안 했잖아."

"그건 그렇지만, 그래도 마찬가지야. 내가 사람을 죽였는데 시체를 처리해야 해. 그럼 어디 몰래 묻거나 먼 바다에 가서 돌을 매달아 던지지, 절대 통조림에 넣어 마트에 유통시키진 않을걸. 말도 안 돼."

퍼갈은 한숨을 쉬었다. 맞는 소리였다. 그럴듯하지만 뭔가 부족한

시나리오였다.

"그럼 네 생각은 뭔데?"

샬롯은 침대에 쪼그려 앉아 양팔로 무릎을 껴안았다.

"이건 시나리오까지는 아니고, 그냥 몇 가지 추측이야."

"말해봐."

"첫째, 어떻게 이 통조림이 공장에서 나오게 된 거지?"

"화물 트럭을 타고?"

"아니, 그런 거 말고. 내 말은, 어떻게 품질 검사 과정을 무사히 통과했느냔 말이야. 정상적인 공장이라면 제품이 제대로 만들어졌는지 확인하고 검사하는 사람들이나 부서가 있을 거 아냐."

퍼갈은 고개를 끄덕였다.

"무슨 말인지 알겠어. 무게를 달아 일정 용량이 담겼는지 확인하고 그러는 거 말이지?"

"그래."

"그런데 어떻게 통과한 걸까?"

샬롯은 잠시 생각한 후 대답했다.

"그런 과정이 아예 없는 거지."

"왜?"

"정상적인 공장이 아니니까. 구식에다 유명하지도 않고 낡은 공장인 거야. 그 사람들은 돈만 벌면 끝이고."

"어쩌다 그런 생각이 났어?"

"생각해봐. 일단 첫째, 라벨이 잘 떼어지잖아. 물론 화물 트럭으로 운송하고 창고에 쌓고 포장을 뜯는 과정에서 부주의하게 다루는 바람에 라벨이 떨어지거나 찌그러진 게 몇 개 생길 순 있어. 그런데 이 통조림들은 어떻게 된 게 하나같이 라벨이 없잖아. 그게 왜겠어? 애초에 제대로 붙이지 않은 거지. 싸구려 공장이라서, 점성도 없는 싸구려 풀을 쓰는 거야. 라벨 없는 통조림을 골라낼 품질 관리 부서도 없고."

퍼갈은 다시 고개를 끄덕였다. 설명이 그럴싸했다.

"그리고 하나 더."

샬롯은 계속해서 말을 이었다.

"통조림 자체를 보면 알 수 있어."

"통조림이 어때서?"

샬롯은 나무라는 듯이 퍼갈을 바라보았다. 세상에 어떤 진정한 통조림 수집가가 저런 수준 낮은 질문을 하겠는가?

"이거 봐봐."

샬롯은 쪽지가 들어 있던 빈 통조림을 집어 침대 위에 올려놓았다. 그러고는 아직 따지 않은 또 다른 통조림을 가져와 그 옆에 내려놓았다.

"알겠어?"

"뭘?"

샬롯은 다시 한심하다는 눈초리를 보냈다.

"재질을 봐. 딱 봐도 싸구려 같아 보이잖아. 그리고 요즘은 거의 다 손잡이가 달려 있어서 통조림따개 없이도 딸 수 있는데, 이건 아니잖아. 그래서 내 생각은 이 공장이 뭘 만드는 공장이든 간에 싸고, 질 낮고, 단순한 제품을 생산하고 있단 거지. 예를 들어…….”

"예를 들어?"

"음…… 잘 모르겠어."

바로 답이 나올 줄 알았던 퍼갈은 의기소침해졌다.

"그래도 방법이 없는 건 아냐."

샬롯이 희망찬 목소리로 말했다.

"뭐?"

"계속 나트를 뒤지는 거야."

"뭘 찾게?"

"이런 통조림. 싸 보이는 통조림. 라벨이 쉽게 떨어지는 통조림."

"그래서 뭐? 싸고 질 낮은 통조림 만드는 공장이 어디 한두 개겠어?"

"그래도 똑같이 생긴 통조림을 찾았는데 라벨이 붙어 있으면 제품 이름을 알 수 있잖아? 그리고 라벨엔 보통 공장주 이름하고 주소도 쓰여 있어. 그럼 쪽지가 어디서 나온 건지 알 수 있지."

그러더니 샬롯이 갑자기 목소리를 낮추었다.

"그리고 잘린 손가락이랑 귀가 누구 건지도 알 수 있겠지. 네 말대로라면 이미 구하기엔 늦었을 수도 있겠지만, 똑같은 상황에 처한 다른 사람들이 또 있을지도 모르잖아?"

"그런데 찾는다 해도 정말 똑같은 통조림인지 어떻게 알지?"

"이걸로."

샬롯은 쪽지가 들어 있던 통조림을 뒤집어 바닥에 찍힌 숫자와 글자 몇 개를 가리켰다.

"보여? 이게 일련번호라고 하는 거야. 이거랑 똑같거나 비슷해 보이는 걸 찾아 돌아다니면 대충 알아낼 수 있을 거야."

"잠깐. 그게 사실이라면…… 너 혹시 귀 들어 있던 통조림 아직 갖고 있어?"

"어. 당연하지."

"반지 들어 있던 것도?"

"응."

"가져와봐."

샬롯은 옷장 안의 서랍을 열고 안에서 텅 빈 통조림 깡통 두 개를 꺼내 쪽지가 담겨 있던 통조림 옆에 내려놓았다.

"이제 뒤집어봐."

나머지 두 통조림의 바닥에도 일련번호가 새겨져 있었다.

"연필 좀 줘."

퍼갈은 연필과 종이 한 장을 샬롯에게 건넸다.

"됐어. 이제 불러봐."

"알았어."

퍼갈은 쪽지가 담겨 있던 통조림을 들어 올려 열일곱 개의 문자를 읽어내기 시작했다. 샬롯은 종이에 그것을 받아 적었다.

"DFBN161."

"계속해."

"4590."

"4590."

"23:35."

"적었어."

"AO."

"응."

"좋아, 이제 두 번째 거 부를게. 이게 귀가 들어 있었던 건가?"

"응. 거기 마커로 표시해놨잖아. E라고 써놨어. 보이지?"

"그래. 이제 읽는다."

"빨리 불러."

"DFBN148 1190 14:17 AO."

"이제 반지 들어 있었던 거."

"DFBN120 121280 18:05 AO."

"됐다."

"봐봐."

샬롯은 퍼갈이 볼 수 있도록 종이를 이불 위에 펼쳤다.

DFBN161 4590 23:35 AO

DFBN148 1190 14:17 AO

DFBN120 121280 18:05 AO

"하나는 다른 두 개보다 조금 긴데?" 퍼갈이 물었다. "왜 그렇지?"

"이제 알아봐야지. 일단 차근차근 시작하자. 처음 알파벳 네 개는 다 같은데."

"뭔가 뜻이 있을 거야."

"뭐가 안에 들어 있는지 쓰여 있는 건가?"

"아니면 어디서 만들어졌는지…… 아니면 공장주의 이름 이니셜일 수도 있어."

"그리고 숫자 세 개가 따라서 붙어 있어."

"배치넘버(Batch Number. 제품번호:옮긴이)인가?"

"그래서 BN인가 봐. 그럼 DF는 무슨 뜻이지?"

"통조림 내용물이 아닐까?"

"그럴 수도 있겠다. 그다음엔 뭐지?"

"4590, 1190, 121280."

"무슨 뜻이 있을 텐데."

"날짜 아닐까?" 퍼갈이 제안했다.

"날짜? 무슨 날짜?"

"공정 날짜나, 유통기한이라든가…… 물론 라벨에 쓰여 있겠지만, 공정 일련번호니까 조그맣게나마 날짜를 박아놓는 거지."

"어떻게?"

"뒤에서부터 읽어봐. 90은 2009년이고, 80은 2008년……."

"그럴 수도 있겠다. 80이라고 쓰여 있는 게 제품번호도 다른 둘보다 더 작거든."

"그럼 4590은 2009년 5월 4일이겠구나."

"그럼 1190은 1월 1일일 거고."

"121280은 2008년 12월 12일."

"좋아. 그럼 그다음은?"

"23:35, 14:17, 18:05. 이건 딱 봐도 시간이겠다."

"응. 하루를 24시간으로 계산해서. 언제 통조림이 밀봉되었는지 뭐 이런 거겠지."

"그래, 그럼 AO는 뭘까?" 퍼갈이 물었다. "마지막 두 글자."

"DFBN이랑 마찬가지로 이 통조림들의 정체에 관련된 거 같은데. 세 게 다 똑같잖아. 내용물이나 공장 이름이겠지. 그러니까 우리가 찾아야 하는 건 DFBN, 그다음엔 제품번호, 날짜, 시간, AO네."

퍼갈은 눈살을 찌푸렸다.

"'우리가 찾아야 하는 거' 라니 무슨 소리야?"

"이제 마트에 가서 비슷한 걸 찾아봐야지. 찾기만 하면 쪽지랑 반지랑 손가락이 어디서 왔는지 알 수 있는 거야."

"그건 알겠는데, 마트에 있는 걸 다 찾아다니잔 말이야? 다? 모조리? 마트는 또 얼마나 많은데? 그렇게 생각하면 통조림이 몇 개나 되는지 알아? 완전 지푸라기 더미에서 바늘 찾기잖아! 하나하나 뒤집어 번호 확인하면서 돌아다니면 정말 한도 끝도 없겠다. 그러다가 쫓겨날걸. 다 확인해볼 순 없어. 도둑인 줄 알 거야."

"일단, 다 확인해볼 필요는 없어. 한 종류에 한 개씩만 보면 돼. 예를 들어 캠버웰 사에서 나온 토마토 수프 통조림이 잔뜩 있어. 그럼 그중에서 하나만 확인해보면 되는 거야. 비슷하지 않으면, 바로 다음 회사 제품으로 넘어가면 돼."

생각해보니 그럴듯했다. 퍼갈은 고개를 끄덕이며 말했다.

"알았어. 그래도 시간이 오래 걸릴 것 같은데, 어떻게 할까?"

"어쩌긴, 차근차근 확인하는 방법밖에 없지. 마트에 얼마나 자주 가?"

"일주일에 한 번. 엄마하고."

"나도. 좋아, 그럼 거기서부터 시작하자. 마트를 반으로 나눠서 네가 한 쪽, 내가 한 쪽을 맡는 거야. 이 통조림들이 나왔던 다른 마트들도 하나하나 그렇게 하면 돼. 시간은 상관없어. 비슷한 번호가 나올 때까지 인내심을 갖고 찾으면 돼."

"만약 그렇게 해서 찾으면……."

"만약이라니. 만약은 빼고 말해."

"알았어. 찾으면 뭘 하지?"

"그때부터 본격적인 수사를 시작하는 거지. 법정드라마에 나오는 것처럼 탐문수사를 하는 거야."

"그런데 그건 좀 위험하지 않을까? 우표 수집이 아냐, 이건. 잘린 손가락, 잘린 귀, '살려주세요'라고 쓰인 쪽지가 연루된 일이라고. 엄청 위험할 수도 있어."

퍼갈의 문제 제기에 샬롯이 고개를 끄덕였다.

"알아. 위험할 수 있지. 그래도 재미있지 않겠어? 아니면 그냥 경찰에 신고하고 말래?"

대답할 필요도 없었다. 결론은 정해져 있었다.

둘은 통조림들과 쪽지에 대해 생각하며 잠시 조용히 앉아 있었다.

퍼갈은 마트에서 일련번호를 확인하며 돌아다니는 데 과연 얼마나 오랜 시간이 걸릴지 대충 계산해보았다. 금방 끝나지 않으리란 건 확실했다. 헤라클레스가 온다 해도 한참 걸릴 일이었다.

"눈앞이 캄캄하지?"

퍼갈의 생각을 읽은 듯 샬롯이 말했다.

"어."

퍼갈은 고개를 끄덕였다.

"그래도 할 수 있어, 픽. 같이 하잖아. 우리 둘이."

픽이라니.

퍼갈을 애칭으로 부른 사람은 태어나서 샬롯이 처음이었다.

마음 한편이 따뜻해지는 것 같았다.

12장
콩, 콩, 콩

"뭐 하니, 퍼갈?"

왜일까? 왜 부모님들은 몰래 뭔가 하려고만 하면 평소에도 없던 관심을 갑자기 보이는 걸까? 초콜릿이나 아이스크림을 사먹으려고 용돈을 더 달라고 할 때는 제발 좀 봐달라고 아무리 몸부림쳐도 못 본 척 지나가면서 말이다.

"어…… 통조림 보고 있어요."

"자두 통조림? 너, 원래 자두 좋아했니?"

"아, 아뇨…… 그냥…… 보고 있어요."

밤필드 부인은 배 통조림을 집어 쇼핑카트 안에 넣었다. 부인의 인내심이 한계에 다다르고 있었다. 통조림 수집 같은 별난 취미는 이쯤에서 접게 해야 한다는 생각이 들었다. 수집하는 것도 모자라 이젠 하나하나 뒤집어 바닥에 쓰인 문자를 읽고 있다니.

"뭔가 읽고 싶으면 책을 사줄게. 또 도서관 카드도 있잖니."
"네."
퍼갈은 자두 통조림을 내려놓고 귤 통조림을 뒤집어 바닥을 확인했다. 이번 것도 아니었다. 모양 자체가 아예 달랐다. 일련번호도 열두 자리밖에 안 되었다.
퍼갈은 귤 통조림을 내려놓고 복숭아 통조림을 집었다.
"퍼갈!"
"왜요?"
"아직도 그러고 있어!"
"네?"
"통조림 바닥 읽고 있잖아. 대체 왜 그러니?"
"아…… 그냥 재미있어서요."
"이것도 천재적인 것으로 봐야 하는 거니?"
"음…… 네, 그럴 수도 있어요."
퍼갈은 애매하게 대답했다.
"그래야지. 아니면 그 반대일 테니까 말이야. 가끔 걱정이 되긴 하는데……."
"절대 아녜요, 엄마. 딱 봐도 천재다운 행동이잖아요."
퍼갈은 얼른 엄마를 안심시켰다. 편히 통조림을 읽으며 돌아다닐 수만 있다면 그 어떤 말도 할 각오가 되어 있었다.
처음에 퍼갈과 샬롯은 마트를 반으로 나눠 각자 맡은 부분만 확인하고 돌아다니기로 했었다. 그러다 샬롯이 조사 중에 잘못해 몇 개를 건너뛰어버릴 가능성에 대해 우려를 표했다. 그리고 한 번 와서 보는 것만으로는 절대 모두 확인할 수 없을 거라고 지적했다. 마을의 마트는 '슈퍼'가 아니었다. 비행기 몇 대도 별 무리 없이 주차할 수 있을 크기였다.

애초의 계획대로라면 한 번 올 때마다 저번에 어디까지 확인했는지 기억해두고 거기서부터 다시 확인해나가야 했다. 하지만 그러다 보면 통조림 몇 개 정도는 깜박하고 건너뛸 수도 있었다. 그래서 샬롯은 이렇게 제안했다. "우리 둘 다 확인하자. 그럼 일도 두 배가 되지만, 정확도도 두 배가 되지. 하나도 놓치는 것 없이 전부 확인할 수 있을 거야."

"퍼갈!"

엄마 목소리에 퍼갈은 재빨리 정신을 차렸다.

"네?"

"이제 가야지. 냉동식품 쪽으로 갈 거야."

"네. 전 천천히 따라갈게요."

"안 오기만 해봐. 너 찾으러 다시 돌아올 시간 없어. 도대체 왜 네가 통조림 바닥을 읽고 돌아다니는 건지 통 모르겠구나. 재미도 없고 의미도 없는데 말이야."

퍼갈은 쇼핑카트를 끌고 멀어져 가는 엄마의 뒷모습을 지켜보았다. 다 털어놓고 싶었지만, 그래봤자 이해도 못하고 믿지도 않을 게 분명했다……. 물론 손가락을 본다면 말이 달라지겠지. 퍼갈은 만약 엄마가 잘린 손가락을 본다면 어떻게 반응할지 상상해보았다.

"엄마, 이게 통조림에서 나왔는데…….."

"꺄아아아아아아아아악! 당장 내려놔, 퍼갈! 병이 옮을지도 몰라! 어디서 가져온 거야?"

아니면 아예 완벽하게 무시할 수도 있을 거다.

"엄마, 이게 통조림에서 나왔는데…… 잘린 손가락요."

"아, 그렇구나. 아주 잘했다. 이제 곧 차 마시는 시간이니까 손 씻고 오렴."

"이 손가락도 같이 씻을까요?"

"그러려무나."

퍼갈은 복숭아 통조림을 내려놓고 딸기 통조림을 집었다. 일련번호를 읽었다. 이것 역시 아니었다.

퍼갈은 복도를 따라 한쪽으로 걸었다. 계산적으로 움직여야 했다. 정원의 벌처럼 이 통조림 저 통조림 산만하게 확인하고 돌아다녀서는 안 되었다. 처음부터 끝까지, 하나하나, 찬찬히 확인해야 했다.

과일 통조림만 살펴보는 데도 어마어마한 시간이 걸렸다. 종류가 너무나도 많았다. 블랙베리부터 시작해서 구스베리, 사과, 망고…… 끝이 없었다. 간신히 끝내고 나니 이번에는 파이 속, 쌀 푸딩, 커스터드, 크림 디저트…… 역시 끝이 없었다.

퍼갈은 사이사이 시간을 확인하는 것도 잊지 않았다. 엄마가 쇼핑을 끝내기까지는 경험상 대략 20분이 더 걸릴 거다. 그때쯤에 맞춰 계산대로 가서 물건 옮기는 걸 도우면 된다.

어느새 복도 하나가 끝났다. 퍼갈은 뒤돌아 여태 걸어온 길을 눈으로 죽 훑었다. 완벽했다. 아무것도 놓치지 않았다. 그리고 쪽지에 적어 온 일련번호와 조금이라도 일치하는 부분이 있는 통조림은 단 한 개도 없었다.

좋아. 퍼갈은 모서리를 돌아 다음 복도로 걸어갔다.

심장이 쿵 내려앉았다.

통조림.

셀 수도 없이 많은 통조림들이 선반에 진열되어 있었다. 끝이 보이지 않았다.

콩, 옥수수, 수프, 파스타, 스파게티, 각종 채소, 인스턴트식품이 담긴 통조림들을 진열한 곳이었다. 콩만 해도 종류가 50가지를 넘었다. 강낭콩, 완두콩, 아주키콩, 버터콩, 프랑스콩. 소시지와 구운 콩도 있었고 베이컨과 구운 콩도 있었다. 저칼로리 콩, 저염분 콩, 유기농 콩, 친환경 콩, '채식가'용 콩까지 있었다. 마트 자체 개발 상표를 달고 있는 통조림은 가장 눈에 띄는 곳에 놓여 있었다. 저가형 콩, 소량 포장 콩, 일반 크기 포장 콩, 대용량 포장 콩, 초대용량 포장 콩, 특대용량 포장 콩 통조림들. 바비큐 맛, 토마토소스 맛, 매운맛, 카레 맛, 조미료가 첨가된 콩과 그렇지 않은 콩. 어디를 보나 콩, 콩, 또 콩이었다.

콩 옆에는 마찬가지로 다양한 종류의 스파게티와 파스타 통조림이 있었다. 고리 모양 스파게티, 볼로냐 스파게티, 일반 스파게티, 알파벳 스파게티…….

이 방대한 양의 통조림들을 모두 일일이 뒤집어 확인해봐야 한다고 생각하니 부담감이 물밀듯 밀려왔다. 일련번호가 일치하는 통조림 하나를 찾기 위해 몇 달을 마트에서 고생해야 할 수도 있었다. 쪽지에 '살려주세요'라고 쓴 이 수수께끼의 주인공은 어디선가 도움을 간절히 기다리고 있을 텐데. 난파된 배의 선원이 무인도에 갇혀 누군가 병 속의 편지를 읽어주길 바라는 것처럼 말이다.

물론 이미 게임 오버 상태가 아니라면.

끝도 없이 통조림으로 가득한 복도 한가운데에 멍하니 서 있던 퍼갈은 문득 이곳도 망망대해나 마찬가지라는 생각이 들었다. 지도나 지구본에는 없는, 넓고 광활한 바다.

통조림의 바다 속으로 가라앉는 것만 같았다. 통조림 껍데기가 지느러미로, 뚜껑 따개용 손잡이가 비늘로 달린 인어들이 퍼갈의 눈앞에서 아른거렸다. 삼지창 대신 거대한 통조림따개를 들고 있는 용왕이 보였다.

이건 정말 말도 안 된다. 절대로 찾지 못할 거다. 일련번호가 딱 들어맞는 통조림을 절대로 찾지 못할 거다. 불가능한 일이다. 퍼갈은 이제 포기하고 싶었다. 얼른 구명보트를 타고 통조림이 없는 육지로 도망가고 싶었다.

아니야, 그렇지 않아. 퍼갈은 통조림에 들어 있던 쪽지를 떠올리며 마음을 다잡았다. 아무 희망도 없는 누군가가 간절하게 쓴 쪽지 아닌가. 엄청난 공포와 위험에 시달리며 괴로워하는 누군가가 보낸 SOS. 그게 누군지만 알 수 있다면, 어디 있는지, 왜 그런 건지 알 수 있다면.

포기할 수 없었다. 쪽지를 봐서라도 포기할 수 없었다. 샬롯과 퍼갈, 이 둘만이 도움을 줄 수 있는 유일한 사람이었다. 그러니 콩 통조림의 바다에서 허우적거린다 해도, 결론이 날 때까지는 절대 그만둘 수 없었다.

한번 시작한 일이니 끝을 봐야 했다.

처음부터 다시 시작하자. 어디였지? 자, 끝에서부터 차근차근 살펴보자. 하나, 또 그다음 하나, 또…….

"퍼갈! 거기 있었구나! 돌아다니지 말고 계산대 앞에서 만나자고 그랬지?"

"네."

"이러다 늦겠다. 얼른 따라와. 빨리 집에 가야지."

"잠깐 이것만 읽고……."

결국 밤필드 부인은 폭발하고 말았다. 부인은 콩 통조림을 퍼갈에게서 잡아채 선반 위에 올려놓았다.

"지금 당장!"

그래서 퍼갈은 확인하지 못한 통조림들을 뒤로하고 엄마를 따라 계산대로 갔다. 죄책감이 들었다. 돌아올 때까지 또 일주일을 기다려야 하지 않는가. 일주일 동안은 수수께끼 해결을 잠시 보류해야 한다.

그럼 쪽지를 쓴 사람은 어떻게 되는 거지?

엄마에게 말하고 싶었다. 진심이었다. 하지만 믿어주지 않을 게 뻔했다.

집에 도착한 퍼갈은 샬롯에게 전화를 걸었다.

"뭐 찾은 거 있어?"

"아직. 난 이따가 오후에 가는데, 퍼갈 넌?"

"못 찾았어. 과일이랑 푸딩이랑 다 보고 막 콩 통조림을 보려 하는데 그냥 왔어. 진짜 많더라. 어지러울 정도로 많아."

"미안한데, 너 혼자 찾아봐야 할 것 같아. 내일부턴."

퍼갈은 충격에 침을 꿀꺽 삼켰다. 무슨 소리지? 혼자 찾아야 한다니?

"뭐……?"

"다음주에 휴가라서 가족여행을 가거든. 휴일하고 겹쳐서 2주일 동안 여기 없을 거야. 미안해."

"그럼…… 그럼 그 쪽지를 쓴 사람은 어떡하고? 몇 주 동안 그렇게 손 떼고 있다간…… 음…… 죽을지도 모르는데?"

"나도 알아. 하지만 어쩌겠어? 엄마 아빠한테 2주일 동안 마트에서 통조림 일련번호 확인하고 있을 테니 나 빼고 갔다 오세요, 이럴 순 없잖아."

"그래." 퍼갈은 할 수 없이 동의했다. "그렇긴 해."

"그러니까 일단 나 없이 찾고 있어. 나도 돌아오자마자 바로 다시 시작할게."

"별수 없지 뭐. 오늘 오후엔 마트에 가는 거지?"

"응. 뭐 찾으면 바로 연락해줄게."

"알았어, 샬롯. 그리고 잊지 마. 누군가 도움을 바라고 있어. 그 사람한테는 우리가 유일한 희망이야."

"나도 알아. 나중에 다시 연락할게."

"알았어. 여행 잘 다녀……."

하지만 이미 끊긴 뒤였다. 그리고 그날 전화는 다시 걸려오지 않았다. 샬롯 역시 아무것도 찾지 못한 게 분명했다.

그다음 토요일도 마찬가지였다. 콩, 파스타, 버섯, 옥수수, 각종 채소들, 인스턴트식품 라인을 모두 돌았는데도 별 수익이 없었다.

그런데 그다음주, 샬롯이 한창 엄마 아빠와 가족여행을 즐기고 있을 때, 황당한 일이 일어났다. 흥미롭고, 괴상한 사건이.

퍼갈 밤필드가 실종되었다.

아무 흔적도 없이, 갑자기.

PART THREE
3부

퍼갈 밤필드의 일기

그냥 비밀일기가 아님. 극비임.

관계자 외엔 읽을 수 없음.

퍼갈 밤필드가 아니라면 모두 비관계자임.

그런데 나라도 다른 사람 일기장 보면 읽고 싶겠다.

언제 또 일기를 쓰게 될지 모르겠네. 이제 곧 떠날 거거든. 좀 극단적이긴 하지만, 그래도 결심했어.

문제는 아무한테도 알릴 수가 없다는 거야. 그냥 몰래 떠나는 게 아니라, 진짜 긴급한 상황이거든. 샬롯한테 말하고 싶은데 지금은 여행 떠나고 없으니. 다른 사람들은 듣지도 않을 거고.

난 여태 살면서 사람들이 인정해줄 만한 용감한 짓을 한 번도 해본 적이 없는 것 같아. 그래서 이젠 용감하게 떠나보려고 해. 무섭긴 하지만, 나를 유일한 희망으로 기다리고 있는 사람이 있다고 생각하면 이 방법밖에 없어.

자, 이제 간다. 어떻게 될까. 언젠가 다시 돌아와서 일기를 쓰는 날이 오면 좋겠다.

혹시 엄마 아빠, 이걸 읽고 계신다면, 두 분 다 사랑해요. 앵거스도 잘 돌보고 많이 쓰다듬어주세요.

13장
통조림, 통조림, 통조림

통조림, 통조림, 통조림.

통조림밖에 보이지 않았다.

규칙적으로 줄을 지어 앞을 지나가고 있었다.

통조림, 통조림, 또 통조림.

모든 것이 악몽 같았다. 눈앞에서 통조림 군단이 번쩍번쩍 빛나는 갑옷을 입고 전투를 하러 전장으로 행진하고 있었다. 최전선으로 가는 트럭 안으로 줄지어 들어가고 있었다.

통조림, 통조림, 끝없이 이어진 통조림들. 병, 유리잔, 플라스틱 용기도 아니었다. 그저 통조림. 서로 깡깡 부딪치며 컨베이어벨트를 타고 내려오다가 멈추면, 퍼갈은 자기가 맡은 일을 재빠르게 처리해야 했다. 이곳은 통조림의 세상이었다. 조금이라도 미적거렸다간 금방 불어난 통조림 산이 퍼갈을 덮치고 말 거다.

팔다리가 욱신거렸지만 통조림들은 계속해서 밀려왔다. 눈도 피곤했고, 깡깡 하는 소리에 귀도 마비가 될 지경이었다. 하룻밤을 자고 일어나도 통조림 군단은 여전히 그 자리에 있었다.

마치 디즈니 만화영화 〈판타지아〉의 일부분 같았다. '마법사와 제자' 편에서 어수룩한 조수는 빗자루와 물통에게 청소하라는 명령을 내린다. 하지만 마법 주문을 취소하는 방법을 몰라, 빗자루가 또 다른 빗자루를 부르고, 물통이 또 다른 물통을 불러, 결국엔 셀 수 없이 많은 빗자루들과 물통들이 모이게 된다.

똑같았다. 이 수없이 많은 통조림들. 통조림의 홍수.

머리가 띵 하고 울렸다. 피곤해서 눈가가 빨개졌다. 하지만 통조림들은 무자비했다. 일정한 간격으로 한 줄로 줄지어 서서 경직된 자세로 끊임없이 다가왔다. 마치 백만 대군이나 개미, 말벌, 레밍 떼, 한 치 앞이 보이지 않는 눈보라를 헤치고 가는 것 같았다.

하나를 처리하면, 차례를 기다리고 있던 다른 통조림이 바로 빈자리를 메웠다. 그러면 또다시 처리하고, 처리하고, 그런 식으로 주어진 일을 반복해야 했다. 맞서 싸울 수는 있었지만, 이길 수는 없었다.

통조림.

통조림.

가끔씩 정말 도저히 참을 수 없을 때면, 퍼갈은 짜증과 분노를 담아 고함을 질렀다.

그러면 순간적으로 모든 움직임이 멈추는 듯했다. 하지만 잠시뿐이었다. 곧 통조림들은 다시 깡깡 소리 내며 밀려왔다. 금속성의 기계적인 소리. 감정도 없고, 생각도 없는, 단조롭고, 끊임없이 이어지는 소리.

통조림.

"안녕하세요, 아줌마."

샬롯은 그간의 사정을 모르고 있었다. 그랬기에 전화도 하지 않고 퍼갈의 집을 찾아온 거였다. 게다가 퍼갈에게 주려고 재미있는 라벨이 붙어 있는 외국 통조림까지 사 왔다.

"퍼길, 안에 있나요?"

물어볼 게 참 많았다. 자기가 없는 동안 마트에서 찾은 게 있는지, 없다면 어디까지 확인을 마쳤는지. 여행 가 있는 동안 문자도 보내고 메일도 보냈는데 답장하지 않은 걸 보니 아주 바빴던 모양이다.

"퍼갈 말이니?"

밤필드 부인은 곧 쓰러질 듯이 창백한 얼굴을 하고 있었다. 지난 몇 주 사이에 10년은 더 늙어버린 것 같았다. 무슨 끔찍한 일이 있었나 보다고 샬롯은 추측했다. 친한 친구나 가족이 죽은 건 아닐까?

"네, 퍼갈요. 지금 있어요?"

부인은 앞에 서 있는 아이가 샬롯이란 사실을 의식하지 못하는 듯했다. '누구지?' 하는 눈빛으로 샬롯을 바라보고 있었다.

"선물을 가져왔어요. 프랑스 갔다가 사 왔거든요. 아줌마…… 괜찮으세요?"

그제야 샬롯은 부인의 눈가가 퉁퉁 부어 있는 걸 발견했다. 울고 있었나 보다. 그리고 눈 아래 드리워진 검은 그림자로 봐서 잠도 제대로 못 잔 것 같아 보였다.

"아줌마……?"

밤필드 부인은 아무런 반응 없이 문가에 가만히 서 있었다. 끔찍하게 불편한 침묵이 흘렀다.

"아줌마…… 정말 괜찮으세요?"

그제야 부인은 앞에 서 있는 여자애가 누군지 알아챘다.

"샬롯……."

"네, 아줌마. 저예요, 샬롯. 통조림 모으는 애요. 퍼갈 친구. 기억나세요? 저번에 세일 바구니 앞에서 뵀었잖아요. 기억하시죠? 안색이 안 좋으시네요."

부인은 손수건을 꺼내 눈 한쪽을 꾹꾹 눌렀다.

"아, 샬롯…… 그래, 휴가, 가, 있었구나? 그러니까, 몰랐겠지. 그렇지? 몰랐어. 사실, 친구가 너밖에 없으니까. 내 말은, 친구가, 있긴 하지만, 정말 이해해주는 친구는, 너밖에 없는 것 같구나. 그렇지, 샬롯? 진짜 친구는…… 들어오렴."

샬롯은 고개를 끄덕이고 부인을 따라 집 안으로 들어갔다.

둘은 부엌 식탁에 앉았다. 정적 사이로 냉장고 모터 소리와 시계 소리만 들려왔다. 부엌치곤 지나치게 깨끗했다. 밤필드 부인은 평소와 다르게 물이나 과자 같은 걸 권할 정신도 없어 보였다.

"무슨 일 있었나요?"

"퍼갈이 사라졌단다."

샬롯은 멍하니 부인을 바라보았다. 제대로 이해가 되지 않았다.

"사라져요? 그러니까…… 사라져요? 언제 돌아오는데요?"

"아니, 아니야. 행방불명됐단다."

"그런데…… 그런데 어디로 사라져요?"

"그걸 모르겠구나. 전혀 알아낼 방법이 없어. 경찰에 신고하고 사람들한테 수소문하고 갈 만한 곳도 다 알아봤는데, 아직 찾지 못했단다. 어디에도 없어. 흔적 같은 것도 없고. 아무것도 없어."

"무슨 일이 있었는데요? 그러니까…… 어떻게…… 어디서…… 언제 없어졌어요?"

"지난주 토요일."

"지난주 토요일요?"

"그래. 평소처럼 아침에 마트에 갔는데, 요즘은……."

"네."

"요즘은 내가 이곳저곳 끌고 돌아다니질 않았거든…… 걔가 또 이상한 취미가 하나 생겨서…… 취미…… 애가 워낙 천재기가 있어서 말이지…… 천재기가 있는 것 같았는데……."

부인의 손이 떨리기 시작했다.

"영영 못 보면 어떡하지……?"

"무슨 말씀이세요."

"그래, 이런 생각 하면 안 되는 거 아는데, 일주일 동안 아무 소식이 없으니 별의별 생각이 다 드는구나. 납치됐거나 끔찍한 사고가 생겼거나 혼수상태로 어디 누워 있거나, 아니면……."

물어보고 싶은 게 많았지만, 무슨 말을 해야 할지 갈피가 잡히지 않았다. 샬롯은 일단 마실 물을 가져와 부인에게 건넸다. 문득 밤필드 씨가 어디에 있는지 궁금해졌다.

"그이는 밖에서 찾아 돌아다니고 있단다."

샬롯의 생각을 읽은 듯 부인이 말했다.

"매일 나가서 찾고 있어. 반드시 찾는다고 하는데, 찾을 때까지 계속 돌아다닐 거라고 하는데…… 찾지 못하면 어떻게 되는 거지? 앞으로 퍼갈을 볼 수 없다면? 제발 돌아오기만 해다오…… 별나고 이상한 짓도, 괴상한 취미도 상관없어. 통조림 쉰 개가 아니라 백 개, 천 개를 모아도 아무 말 안 할 거야. 집 안 전체를 통조림으로 채우든 신문지, 박스, 쓰레기로 잔뜩 도배하든 아무 말 안 할 테니 제발 돌아와주기만 하면 좋겠구나."

부인은 행주를 집어 깨끗한 싱크대를 또다시 문질러 닦기 시작했다. 일종의 강박에 시달리는 것 같았다.

"물론 다른 집 애들처럼 야단도 맞고 그랬지. 하지만 그러고 나면 또 잘 지냈단 말이야. 여태 가출한 적도 없고, 또 그럴 애도 아니야. 학교에서 무슨 일이 있거나 따돌림을 당하거나 그런 것 같지도 않고. 오히려 요새 샬롯, 널 만나고부터 애가 확실히 밝아졌는데……."

점점 듣고 앉아 있기가 힘들어졌다. 아들을 잃어버린 엄마의 넋두리를 감당하기에 샬롯은 너무 어렸다.

"여기 또 누구 없나요, 아줌마?"

"내 동생이 와 있단다. 잠시 약국에 갔어. 곧 돌아올 거야."

"계속 해주세요…… 퍼갈 이야기요."

부인은 행주를 비틀어 짜며 말을 이었다.

"지난주 토요일이었다는 것까지 말했지? 퍼갈이 요새 계속 마트에 집착했어. 통조림 바닥의 글을 읽는 이상한 취미가 생겨서…… 무슨 번호 같던데. 뭔지 알고 있니, 샬롯?"

알고 있었지만, 먼저 부인의 이야기를 끝까지 듣고 싶었다. 그래서 샬롯은 대충 얼버무렸다.

"그냥 읽고 다니는 거라면 상관이 없는데, 그것에도 무슨 규칙이 있는지 신얼내가 늘어신 복도를 한 줄씩 다니면서 온갖 통조림을 다 확인하지 뭐니. 뭐라도 하나 놓친 것 같으면 처음부터 다시 확인하고. 사실 많이 짜증이 났어. 쇼핑한 것들을 잔뜩 담고 계산대 앞에서 기다리고 있는데 퍼갈이 없는 거야. 줄 서 있는 사람은 많은데. 겨우 찾아 데리고 오면 줄이 어마어마하게 불어나가지고…… 아무튼 정말 화가 났단다."

"그래서 지난주에……."

이야기를 본론으로 끌고 가기 위해 샬롯이 끼어들었다.

"그래, 그런데 지난주는 좀 달랐어."

"어떻게요?"

"지난주엔, 서둘러 집으로 돌아가자고만 하는 거야."

"정말요?"

"그래, 정말 이상했어. 도착하고 10분인가 15분밖에 안 됐는데, 그때가 아마…… 스틸튼 제품을 새로 사서 먹어볼까 아니면 원래 먹던 대로 애담 제품을 살까 고민하면서 치즈 코너 옆을 지나고 있을 때였거든. 퍼갈 아빠가 스틸튼을 아주 좋아해서, 나도 따라서 한번 바꿔볼까 했지. 그래도 솔직히 스틸튼 치즈가 애담 것보다 훨씬 지방도 많고 나쁘……."

"치즈 코너를 지나고 있었는데요?"

"뭐라고?"

샬롯의 인내심이 한계에 다다르고 있었다.

"치즈요. 퍼갈 얘길 하고 계셨잖아요. 치즈 코너 옆을 지나고 있었는데, 그때 퍼갈이 뭐 어떻게 됐나요?"

"아, 그래, 내가 그 얘길 하고 있었지."

샬롯은 시계를 보았다. 부인의 동생이 어서 돌아왔으면 싶었.

부인은 다시 제대로 본론을 이야기하기 시작했다.

"그래, 치즈 코너 옆에 있었지. 사실 내가 오래 고민하면서 쇼핑하는 타입이라, 그때 카트에 대여섯 개 물건밖에 없었거든. 쇼핑 시작한 지 얼마 안 됐을 때였어. 그런데 갑자기 퍼갈이 아주 흥분한 표정으로 내 옆으로 달려오더구나."

"흥분요? 이유를 말했어요?"

부인은 한숨을 쉬었다.

"아니, 말하지 않았단다. 그런데 딱 봐도 신나 보였어. 세일을 노리는 사람의 눈빛이었지. 오랫동안 사고 싶었던 물건이 갑자기 세일 상품으로 나왔을 때 지을 만한 표정이었어. 가끔씩 나도 이월 상품을 살 때 그런 기분을 느끼거든."

일련번호를 찾았구나. 샬롯은 속으로 생각했다. 라벨이 붙어 있는 통조림에서 번호를 찾은 거야. 어떤 공장에서 만들어진 건지 알았겠지. 라벨엔 아마 공장주 이름하고 주소까지 쓰여 있었을 거야. 찾은 거야. 그래서 흥분한 거야. 일치하는 일련번호를 찾아서.

"왜 신났는지 말 안 했어요?"

"안 했어. 오히려 안 신났다고 잡아떼던걸. 그런데 갑자기 그때부터 마트를 나가자고 난리를 치는 거야. 보통 때 같으면 내가 끌고 나가려 해도 요지부동이었는데, 이번엔 최대한 빨리 쇼핑을 끝내려고 애쓰느라. 계속 쫓아다니면서 '빨리요', '이제 다음 코너로 가요' 이러면서."

"네."

"그러다 피자 코너에 갔어. 원래는 거기서 '뭘 먹고 싶니? 마르게리타? 페페로니?' 이렇게 물으면 '피자 대신 치즈를 네 개 사면 안 돼요?' 이런 식으로 실랑이를 벌였었거든. 그럼 내가 '2주일 전에 그렇게 사 갔잖아. 시금치는 어때?' 이러고. 그럼 또 퍼갈이 '시금치는 싫어요. 버섯은 어때요?' 내가 또 '버섯 싫어하지 않았었니?' 하고 물으면 퍼갈이……."

샬롯은 피자라는 단어 하나에서 그토록 많은 문장을 만들어내는 밤필드 부인이 놀라웠다. 감당하기 힘든 충격과 스트레스 때문에 정상적인 사고를 하기가 힘든 것 같았다. 계속 피자와 치즈에 대해 말하는 걸로 퍼갈을 잠시나마 잊어보려는 거였다.

"빨리 가려고 해서, 그래서 어떻게 됐어요?"

부인은 잠시 영문을 모르겠다는 표정으로 샬롯을 바라보았다.

"빨리 가? 아, 맞다, 맞아. 그래. 빨리 가려고 했어."

"어디를요?"

"음, 그냥 가려고 했어……."

"아, 그럼 퍼갈이 어느 복도에서 나왔는지 혹시 아세요?"

"복도?"

"신나서 쇼핑카트로 막 달려왔을 때요. 그때 어느 줄에서 나왔는지 기억하세요?"

부인은 고개를 저었다.

"모르겠는데? 모르겠어. 왜, 무슨 관련이 있니?"

이번에는 샬롯이 고개를 가로저었다.

"아뇨. 계속 말씀하세요."

"그래서 내가 차근차근 살펴본 다음에야 제대로 쇼핑할 수 있다고, 재촉하지 말라고 말했지. 서두르면 요리할 때처럼 쇼핑도 망치는 법이거든. 필요 없는 것만 잔뜩 사게 돼."

"그러다 결국 떠날 때가 돼서요?"

"그래, 그러다 집에 갈 때가 됐지. 차에 물건들을 싣고 집으로 왔어. 그런데 오는 길에도 퍼갈이 계속 '엄마, 더 밟아요!' 아니면 '저기 끼어 들어갈 수 있을 것 같은데!' 또 '그냥 밟아요. 아직 주황불이라고요.' 이런 소릴 하는 거야. 원래 그런 애가 아니거든!"

"그래서요?"

"집에 도착했을 땐 짐 옮기는 걸 돕고, 또 좀 전보다 많이 진정된 것 같아 보였어. 이제 생각해보니 날 설득시키려고 그랬던 것 같아."

"설득시키다뇨?"

"쇼핑 끝내고 집에 오자마자 밖에 나가도 되냐고 물어봤거든."

"나가요?"

"그래, 혼자서."

"혼자서요?"

"그래."

"어디로요?"

"나도 좀 알고 싶구나."

"나갈 때 뭐라 하고 나갔어요?"

"'잠깐 나갔다 올게요' 하더구나."

"그냥 그 말만요?"

"그래."

"그래서 뭐라고 하셨어요?"

"일단 어디 가는지 말하라고 했지."

"어디 간다고 그랬어요?"

"도서관에 갔다가 광장에 간다고 하더구나. 학교 친구들 만나러. 토요일 오후마다 모여서 같이 스케이트보드를 타고 그러거든."

부인은 잠시 말을 멈추고 손수건을 들었다.

"그냥 가게 됐어…… 왜 그랬을까, 샬롯. 왜 내가 그냥 가게 됐을까? 그러지만 않았어도 아무 일 없었을 텐데……."

그러더니 팔에 얼굴을 묻고 울음을 터뜨렸다. 샬롯은 얼른 달려가

키친타월 몇 장을 뜯어 왔다.

부인이 눈을 닦고 코를 풀고 있을 때, 문이 열리더니 누군가의 목소리가 들려왔다.

"나야!"

부인의 동생이었다. 손에는 작은 약봉지가 들려 있었다.

이제 갈 시간이 된 것 같았다. 샬롯은 자리에서 일어섰다.

"어머, 안녕. 놀러 온 거니?"

"퍼갈 친구야, 베로니카. 샬롯이라고 해. 그동안 휴가 떠나 있어서 사정을 몰랐지…… 퍼갈이…… 없어진 걸."

"아, 그랬구나. 안녕, 샬롯."

"안녕하세요. 저는 이제 그만 가봐야 할 것 같아요……."

"그래, 어쨌든 와줘서 고맙구나. 이제 내가 같이 있어주면 되니까, 어서 가보렴."

샬롯은 밤필드 부인에게 인사하고 퍼갈을 곧 찾게 될 거라는 말을 덧붙인 후 집을 나왔다.

길을 걷는데 휴대폰이 울렸다.

엄마였다. 괜찮은지 확인하려고 전화한 거였다.

걱정해줄 사람이 있는 건 좋은 일이라고 샬롯은 생각했다. 가끔씩 짜증이 날 때도 있지만, 어쨌든 좋았다.

샬롯은 서둘러 집으로 걸어갔다. 이제 누군가 어른한테 말할 시기가 온 것 같았다. 통조림, 손가락, 반지, 귀, 귀걸이, 쪽지. 이 모든 것에 대해 털어놓아야 한다. 아빠한테 말하거나, 아니면 엄마한테. 아니면 둘 다한테. 아니면 경찰에 말할까? 어쨌든 어디에든 알려야 한다. 이젠 혼자서 감당할 수 있는 선을 넘었다. 일이 너무 멀리까지 진행돼버리고 말았다.

일단 퍼갈이 일련번호를 찾은 건 분명했다. 그래서 공장 이름과 위치까지 모두 알아냈을 거다. 그렇다고 바보같이 바로 떠나버리다니. 자기를 기다리고 있을 사람을 구하러 간 게 틀림없었다.

이젠······

이젠 어쩌지?

일단 추측해볼 수 있는 가설 한 가지는, 그 쪽지를 쓴 사람에게 일어난 일이, 퍼갈에게 그대로 일어났을 가능성이 있다는 거였다.

이젠 퍼갈이 도움을 청하고 있었다. 그리고 퍼갈의 희망은 샬롯뿐이었다.

하지만 믿을 사람이 없는걸!

그깟 통조림 때문이라니, 말도 안 된다며 소리칠 엄마의 모습이 머리에 그려졌다. 벌써부터 귓가에 엄마 목소리가 쨍쨍 울리는 것 같았다. 말로 하면 그 누구도 믿지 않을 거다. 증거가 필요했다.

갑자기 샬롯의 마음이 가벼워졌다.

증거! 당연히 증거가 있었다. 누구든 그걸 보면 믿을 수밖에 없을 거다. 말로 하면 못된 장난 같아 보일 수 있겠지만 손가락과 귀를 본다면? 지금 그 두 가지 증거는 냉동고 깊숙이에 비닐로 꽁꽁 싸여 잘 보관되어 있었다.

샬롯은 걸음을 서둘렀다. 집에 도착하자마자 바로 증거를 가지고 와야지.

그런데……

예상 밖의 일이 일어나고 말았다.

냉동고가 비어 있었다.

완전히 비어 있었다. 안에는 아무것도 없었다. 모든 게 사라져 있었다.

14장
사라진 아이

"샬롯, 거기서 뭐 하고 있니?"

"아, 저, 그게 냉동고가……."

"아이스크림 찾는 거야? 내가 저번에 아이스크림 몰래 먹지 말라고 그랬지."

"아니, 아이스크림이 아니라, 그게……."

"어쨌든 지금은 아이스크림 없어."

"그런데……."

"얼음도 없고 저번에 네가 만들어놓은 셔벗도 없어."

"그런데 엄마……."

"녹았어."

"녹아?"

"여행 가 있는 동안 전기가 나갔나 봐. 돌아와 열어보니까……."

"열어보니까?"

"말도 아니었지. 이제 잠깐 비켜줄래? 한 번 더 닦아야겠어. 환기도 시켜야 하니 문을 열어놔야겠다."

"냉동고 안에 들어 있던 게 다 녹았다고?"

"그래, 말했잖아."

"다?"

"얼마나 난장판이었는지 몰라. 생각해보렴. 생선이랑 아이스크림이랑 냉동 피자, 고기 썰어놓은 거, 피시 핑거, 옛날에 만들어놨던 파이랑 소스 모두 다 녹았으니…… 정말 끔찍했어. 돌아와서 냉동고 문을 딱 열었는데, 악취도 그런 악취가 없었어. 세상에 시체 썩는 냄새가 나더라니까!"

"시체?"

"그래. 그나마 곰팡이는 안 슬어서 다행이다."

"그런데 엄마, 안에 들어 있던 걸 다 어떻게 치웠어?"

세척제를 묻힌 수세미로 냉동고 안을 닦던 페티그루 부인이 샬롯을 올려다보았다.

"어떻게 치웠냐고?"

"응, 그 녹은 것들."

부인은 가볍게 웃었다.

"내가 치우진 않았고, 아빠한테 시켰지. 고무장갑 끼고 한참을 낑낑대더니 쓰레기통에 넣어서 다 갖다 버리더라."

"버려? 버렸다고? 다 버렸어? 아무것도 안 남기고?"

부인은 냉동고 닦는 것을 잠시 멈추었다.

"남기다니? 그걸 뭘 하려고 남겨. 그걸 먹겠어, 어쩌겠어? 먹을 만한 건 하나도 없었어, 샬롯."

"그랬겠지. 그런데…… 그런데 그 안에…….""

"응?"

"그 안에…… 안에…….""

어차피 말할 순 없었다. 증거가 사라졌으니, 믿지 않을 게 분명했기 때문이다.

"뭐가 있었는데?"

"아…… 아냐…… 그냥…… 그냥 뭐라도 남겨둔 줄 알았어."

"뭐?"

"나도…… 잘 모르겠어."

"대체 무슨 생각을 하는 거니, 샬롯? 자, 이제 가서 네 할 일이나 하렴. 전원 다시 올리기 전에 빨리 한 번 더 닦아야 하니까."

"알았어."

샬롯은 문 쪽으로 걸어갔다.

"그런데 엄마…….""

"응?"

"아빠가 다 가져갔어?"

"말했잖아. 쓰레기장에 버렸어. 파리 꼬이고 곰팡이 스는 걸 집에 둘 순 없잖니?"

"그랬겠지."

"그건 그렇고 퍼갈은 잘 지낸다니? 네가 너무 금방 와서 말이야. 혹시 싸우거나 한 건 아니지?"

샬롯은 소식을 자기 입으로 전한다는 게 꺼림칙했다. 다른 누군가가 대신 말해줬으면 좋겠다는 생각이 들었다. 하지만 지금은 샬롯 외에 아무도 없었다.

"엄마…… 퍼갈이 사라졌어."

부인이 고개를 들었다.

"뭐라고?"

통조림. 균일한 모양의 통조림들. 생김새부터 소리, 움직이는 것까지 똑같은 통조림들의 끊임없는 행렬.

퍼갈은 통조림 한 묶음을 들어 박스 안에 넣고 포장하기 시작했다. 곧바로 컨베이어벨트를 타고 더 많은 통조림들이 밀려왔다. 박스 하나에는 가로 열두 줄, 세로 열두 줄로 총 144개의 통조림이 들어갔다. 이제 난 이렇게 살아야 하는 건가? 통조림만 보면서? 아니면 탈출을 해야 하나? 탈출이 가능하기나 한가? 다른 아이들은 실패하지 않았던가. 시도하고 실패하고, 시도하고 실패하고. 사실 그 과정에서 자기까지 이곳으로 끌어들여진 게 아닌가. 탈출하기는커녕 피해자가 한 명 더 늘어난 셈이었다. 만약 편지를 써서 통조림 안에 넣고, 바다에 물병 편지를 던지듯 세상에 던진다면, 누군가 보고 와서 나를 구해줄까? 구조에 성공할 수 있을까? 아니면 그 사람도 똑같이 이곳에 발이 묶여버릴까?

퍼갈은 박스에 통조림을 채운 후 덮개를 닫아 컨베이어벨트에 실어 보냈다. 그 끝에는 또 다른 아이가 기다리고 있다가 테이프를 길게 뜯어 박스를 밀봉했다. 그것까지 마치면, 박스는 운송장으로 보내졌다.

통조림은 계속해서 밀려들었다.

"박스 어디 있어?"

박스가 없었다. 뒤돌아보니, 팔에 납작한 마분지를 끼고 기둥에 머리를 기댄 채 서서 졸고 있는 사비에르가 눈에 들어왔다. 저렇게 서서도 잠들 수 있다니, 거의 기진맥진한 상태인 게 분명했다.

"박스! 빨리! 박스!"

퍼갈은 사비에르를 흔들어 깨웠다. 사비에르는 풀린 눈으로 영문을 모르겠다는 듯 주위를 둘러보았다. 자기가 어째서 이 깡깡 소리를 내는 기계들과 라벨 붙은 은색 통조림 군단 사이에 있는지 아직 깨닫지 못하고 있는 것 같았다.

빨리, 빨리. 통조림이 오고 있어.

"통조림!" 퍼갈이 소리쳤다. "여긴 통조림 공장이야! 박스 어디 있어?"

박스가 없으면 포장도 할 수 없었다. 우정이나 담소 따위를 나눌 시간은 없었다. 모든 것이 통조림 중심으로 돌아갔다.

사비에르가 피곤에 지친 눈으로 퍼갈을 멍하니 바라보았다. 왜 내가 여기 있지? 내가 뭘 해야 하는 거였지?

"박스! 박스 말이야!" 퍼갈은 신경질적으로 소리 질렀다. "박스 만들라고!"

퍼갈은 계속해서 밀려오는 통조림들을 집어 바닥에 쌓기 시작했다. 어쩔 도리가 없었다. 그냥 놔두면 컨베이어벨트에서 떨어져 바닥을 굴러다닐 테니까. 싱크대에 떨어지는 수돗물처럼 주르륵 떨어질 테니까. 그러다 행여 통조림이 찌그러지거나 하면 큰일이다. 조금 있으면 DS가 공장 돌아가는 상황을 살펴보러 올 텐데, 그때 찌그러진 채 바닥을 굴러다니는 통조림을 본다면? 상상도 하기 싫었다.

그런 상황을 마주하긴 싫었다. 한번 걸리면 벗어나기 힘들었다.

"빨리! 빨리!"

사비에르는 서둘러 박스를 만들려고 낑낑거렸다. 옆면과 바닥을 닫으면 완성이었다. 사실 아주 쉬운 일이었다. 문제는 그 지루한 걸 하루 종일 하고 있어야 한다는 거였다. 팔이 저리고 어깨도 아파왔다. 한번 리듬을 타면 딱히 어려울 게 없었지만, 그 리듬이 한 번이라도 깨지면 그때부터는 엉망진창이 되고 말았다.

"빨리, 빨리, 빨리! 빨리 좀!"

하지만 사비에르는 아무것도 하지 못했다. 손가락이 굳어 움직이지 않았다. 몸이 한계에 이른 거다. 결국 사비에르는 울기 시작했다.

통조림은 계속해서 밀려왔다. 퍼갈은 한 뭉치를 들어 또다시 바닥에 쌓아놓았다.

"뒤처지고 있어. 이러면 못 따라잡아. 빨리!"

하지만 소용없었다. 사비에르는 바닥에 주저앉아 울면서 마치 복잡한 종이접기라도 하는 듯 마분지를 만지작거릴 뿐이었다.

짜증이 솟구쳤지만 순간 불쌍하다는 생각이 들었다. 퍼갈은 사비에르의 셔츠 깃을 잡아 일으켜 세웠다.

"그럼 네가 통조림을 맡아! 저기 바닥에 쌓아놔. 떨어뜨리면 안 돼."

사비에르는 로봇처럼 퍼갈의 말을 따랐다. 그 정도는 할 수 있는 것 같았다. 집어서, 내려놓고. 집어서, 내려놓고.

통조림이 점점 모양을 갖추며 쌓여갔다. 퍼갈은 박스 하나를 완성한 후 마분지를 집어 새로 만들기 시작했다. 옆에서 통조림 탑은 계속해서 높아섰다. 집어서, 내려놓고. 집어서, 내려놓고. 탑은 점점 자라났다. 퍼갈은 박스 하나를 또 만들었다. 통조림은 끊임없이 밀려왔다. 이젠 탑이 아니라 고층빌딩으로 가득 찬 도시 같았다. 점점 확장되어가는 도시.

통조림은 계속해서 밀려왔다.

"바닥에 있는 걸 박스에 집어넣어. 그리고 컨베이어벨트에 있는 것도. 떨어뜨리면 안 돼."

사비에르는 다시 제정신을 되찾은 듯 보였다. 고비는 넘긴 것 같았다.

퍼갈은 통조림으로 가득 채운 박스를 들어 위에 올려놓았다. 박스는 롤러를 따라 테이프 담당 아이에게로 굴러갔고, 그곳에서 밀봉되어 벽에 난 통로 뒤로 사라졌다.

나가는 길이 있을까? 탈출할 방법이? 아마, 아마 있을 거다. 하지만 DS도 생각이 있을 테니 막아놓았거나 감시하고 있겠지. 쉽게 탈출하도록 내버려두지 않을 거다.

사비에르와 퍼갈은 밀려오는 통조림들을 정신없이 집어 박스에 넣었다. 그제야 겨우 작업 속도를 따라잡을 수 있었다.

"이제 괜찮아?"

사비에르는 고개를 끄덕이고 다시 박스를 만들기 시작했다. 둘은 시계태엽처럼 착착 움직였다. 아무런 감정도, 인간적인 모습도 없었다. 아이들은 기계의 명령에 복종했다.

통조림은 계속해서 밀려왔다.

통조림, 통조림, 통조림.

퍼갈은 칙칙한 공장 내부를 둘러보았다. 탈출이 힘들다면, 밖으로 편지라도 내보낼 순 없을까? 무슨 수로 도움을 받지?

방법은 이미 정해져 있었다. 전에 다른 아이들이 사용했던…….

물병 편지.

롤러가 깡깡 소리 내며 노래하는 듯했다.

물병 편지.

물병 편지.

퍼갈도 그걸 보고 여기까지 오게 되었다. DS의 생각도 아직 거기까지는 미치지 못한 게 분명했다.

"어떻게 알았어? 왜 여기 온 거야? 어?"

뭔가 말을 하면 안 될 것 같은 예감이 들었기 때문에 퍼갈은 대답하지 않았다. 그러니까 '물병 편지'는 현재로서는 가장 안전한 방법이었다. 확신할 수도 없고, 성공이 보장되는 것도 아니었지만, 일단 안전했다.

　물병 편지, 통조림 편지. 그런데 통조림에 어떻게 편지를 집어넣지? 가능하다는 건 분명했다. 이미 선례가 있었으니까. 하지만 종이는 어디서 구하며, 또 무엇으로 쓰지? 게다가 어찌어찌해서 편지를 쓰고 통조림에 담아 그대로 내보낸다 해도, 누가 보게 될지 어떻게 알겠어?

　운송 과정에서 자연스럽게 라벨이 떨어지도록 통조림에 뭔가를 해볼까? 그러면 마트 직원들이 선반에 채워 넣다가 발견하게 되겠지. 아니면 라벨 없는 깡만 박스 안에 남아 있거나. 그건 다른 통조림들과 함께 팔 수는 없을 테니 바로 던져 넣겠지.

　쓰레기통으로. 그럼 편지를 담은 통조림은 영영 사라지는 거야.

　아니면……

　세일 바구니에 담기게 될 가능성도 있었다. 알뜰한 사람들이나, 그냥 심심한 사람들이나, 아니면…… 퍼갈처럼 통조림을 모으는 사람들이 관심을 가질 수도 있을 테니까.

　제정신이 아닌 특이하고 별난 사람들. 심하게 똑똑해서 천재기가 있는 사람들.

　그중 한 명이 말도 안 되게 가벼운 이상한 통조림을 구입해 집에 가서 열어보고는 안에 들어 있는 간절한 편지를 읽고……

　버리겠지.

　구겨서 쓰레기통에 던져 넣을 게 분명했다. 말도 안 되는 장난이라 생각하고 두 번 다시 보지 않겠지. 물병 편지의 운명은 그렇게 끝이 나겠지. 바다에 휩쓸려 이리저리 떠돌다가 해초에 엉키어 결국엔 상어에게 잡아먹히게 되겠지. 편지를 담은 통조림을 유통시키고 며칠 동안은 희망에 젖어 누군가 구조하러 와주길 매일 기도하겠지만, 현실은 이 끝없는 통조림의 바다를 떠도는 외로운 난파선에 불과한 것이다.

아니면……

쓰레기통에 버리지 않을 수도 있어.

거의 불가능한 일이긴 하지만, 편지 내용을 의심하지 않고 도와주려는 사람이 나올 수도 있어. 나처럼. 그래, 나 같은 사람이 어딘가엔 있겠지. 현실적이지 않은 사람. 나, 아니면 샬롯 같은 사람.

도움을 요청하되, 먼저 얼마나 위험한 상황인지 설명해주고 조심하라는 당부의 말을 덧붙인다면 성공할 수도 있을 것 같았다.

일단은 어디에 편지를 쓰느냐가 문제였다.

컨베이어벨트를 타고 오는 통조림 중 하나에서 라벨을 떼어내 사용할 수도 있다. 하지만 그렇게 되면 라벨 없는 통조림이 하나 더 생기겠지. 통조림 편지가 발견될 가능성이 한층 줄어드는 셈이다.

그럼 어디에 쓰지?

퍼갈은 손으로는 기계적으로 포장을 하며 고개를 돌려 생산 라인을 죽 훑어보았다. 환기도 안 되는 어둠침침한 곳에서 아이들이 열심히 일을 하고 있었다. 여름이나 겨울에 대체 이런 곳에서 어떻게 버틸 수 있었는지 궁금했다.

반대쪽 끝, 벽에 난 통로를 통해 밀봉된 통조림들이 나오고 있었다. 맨 처음에 왔을 때 구역질이 날 정도로 단 냄새가 가득했는데 이젠 그 냄새도 느껴지지 않았다. 소음과 희박한 공기와 더불어 배경 속으로 묻혀가고 있었다.

여섯 개씩 줄맞추어 나온 통조림들은 좁아진 컨베이어벨트를 통해 하나하나 차례대로 라벨 붙이는 기계에 들어갔다.

지이잉 철크덕!

기계는 두루마리 휴지처럼 말려 있는 라벨을 일정한 크기로 잘라 통조림에 붙였다.

종이로 된 라벨.

종이. 저 종이 라벨만 손에 넣는다면, 편지를 몇 장이고 쓸 수 있을 텐데.

무슨 수가 없을까? 기계는 15미터 정도 되는 곳에 떨어져 있었다. 달려가서 종이를 뜯고 다시 돌아오는 것까지 합치면 총 30미터다. 얼마나 걸릴까? 10초? 종이를 찢어 주머니에 넣는 데도 시간이 걸릴 테니까. 10초. 10초 안에 과연 몇 개의 통조림이 떨어질까?

퍼갈은 통조림이 몇 초 간격으로 다가오는지 세어보았다.

하나, 둘.

1초에 두 개. 갔다 오는 데 약 10초, 아니 혹시 모르니까 넉넉하게 15초로 잡자. 그러면 통조림을 총 서른 개 놓치게 된다. 너무 많다. 그게 다 바닥에 떨어져 찌그러지고 파이는 게 혹 DS의 눈에 띄기라도 하면……

안 돼. 너무 무모한 일이다. 혼자서는 불가능하다. 누군가의 도움을 받아야 한다. 사비에르? 사비에르라면 도와줄지도 모른다. 아까 사비에르를 도와주지 않았던가.

"사비에르!"

박스 담당 아이가 고개를 들었다.

"잠깐 일 좀 맡아줘."

사비에르는 어리둥절한 표정으로 퍼갈을 바라보았다. 외국에서 와서 영어를 잘 못하는 아이였다.

"여기 좀 맡아줘."

퍼갈은 손짓, 발짓으로 설명했다. 자기한테 일을 맡기고 영영 도망가버릴까 봐 순간 당황했던 사비에르는 이내 의미를 제대로 이해하고 고개를 끄덕였다.

"지금이야!"

사비에르가 자리를 옮겨 통조림을 바닥에 쌓는 사이, 퍼갈은 기계를 향해 달리기 시작했다. 이렇게 빠르게 달려본 건 태어나서 처음인 것 같았다. 몇 초도 걸리지 않았다. 기계가 통조림에 라벨을 두르려는 순간, 퍼갈은 두루마리 종이를 손으로 움켜쥐었다. 칼날이 아슬아슬하게 손을 비껴 지나갔다. 통조림 대신 퍼갈의 손에 라벨이 붙여졌.

더 필요하다. 한 장 갖고는 충분하지 않다. 여분으로 몇 장 더 가져가는 게 좋을 것 같았다. 퍼갈은 재빨리 종이를 확 잡아당겼다. 칼날이 무서운 속도로 종이를 서걱 잘라냈다. 이제 한 장만 더. 한 장만 더 있으면 되겠지.

"퍼갈!"

사비에르가 불어나는 통조림들 틈에서 초조하게 소리쳤다.

"이제 갈 거야!"

기계의 칼날은 앞뒤로 움직이면서 종이를 서걱서걱 잘라냈다. 퍼갈은 칼날 사이에서 잽싸게 종이를 잡아당겼다. 문득 패스트푸드 광고 문구가 생각났다. '손가락을 빨 정도로 맛있습니다.' 만약 그게 손가락이 잘릴 정도라면? '손가락이 잘릴 정도로 끔찍합니다.'

가위손 퍼갈.

제발, 그것만은 싫었다.

"다 됐어!"

퍼갈은 주머니에 종이를 쑤셔 넣으며 제자리로 돌아왔다.

"사비에르, 이제 내가 할게. 다시 상자 만들어."

약간 뒤처졌지만, 아까만큼은 아니었다. 통조림 열 개만 더 쌓으면 금방 따라잡을 수 있을 것 같았다.

"고마워."

사비에르가 고개를 끄덕였다.

사비에르는 내가 왜 종이를 가져오려 했는지 알고 있을까? 대충 짐작은 하고 있나? 혹시 일러바치진 않을까? 알 수 없었다. 이 정도 위험은 감수할 수밖에.

퍼갈은 계속해서 다가오는 통조림들을 질서정연하게 상자에 정리해 넣었다. 열두 줄, 열두 줄. 총 144개. 19단을 외워놓은 게 아주 보람차게 느껴지는 순간이었다.

라벨 없는 통조림 두 개가 컨베이어벨트를 타고 도착했다. 퍼갈은 재빨리 그 두 개를 집어 박스 안에 넣고 덮개를 닫아버렸다. DS가 보게 된다면 이것저것 질문해댈 테니까. 퍼갈은 박스를 롤러에 올려 테이프 붙이는 일을 맡은 아이에게 보냈다. 완전히 밀봉되는 걸 본 후에야 마음이 놓였다. 그런데 이번에는 테이프 담당이 일러바치지 않을까 걱정이 되었다.

하지만 그 아이도, 다른 아이들과 마찬가지로 통조림의 폭포에 휩쓸려 아무 생각도 감정도 없이 움직이는 것 같았다.

종이가 있으니 이제 필기도구만 있으면 된다. 편지를 쓰면, 그걸 어떻게든 통조림 안에 넣을 방법을 찾아야겠지.

"뭐 하고 있는 거야?"

앞에 DS가 서 있었다. 커다란 몸집치곤 움직임이 꽤 조용한 편이었다. 딴 짓을 하다가 문득 뒤돌아보면 어느새 DS가 와서 눈을 부라리고 있었다.

"아, 아녜요. 일하고 있어요."

"계속해!"

DS는 깔끔하게 다려진 흰색 셔츠를 입고 있었다. 목에는 줄무늬 넥타이를 두르고, 무릎까지 내려오는 갈색 코트를 걸치고 있었다.

겉으로 보기에 DS는 아무 문제 없는, 완벽하고 예의바른 사업가에 속했다. 짧게 자른 머리를 깨끗이 빗어 넘기고, 혈색이 도는 피부에, 멋지게 다듬은 콧수염과 깔끔하게 면도한 얼굴. 뚱뚱해서 푸근해 보이기까지 했다. 단 한 가지 어울리지 않는 점이 있다면, 바로 손가락 하나가 없다는 거였다. 약지. 조나단 딤블 스미스의 이니셜인 J. D. S.가 새겨진 도장반지가 끼워져 있어야 할 것만 같은 약지.

"계속해." DS가 말했다. "계속."

"음…… 저기요……."

속이 바싹바싹 타들어가는 것 같았다. 돈을 더 달라고 구걸하는 올리버 트위스트(영국 작가 찰스 디킨스의 장편소설 주인공:옮긴이)가 된 기분이었다.

"언제 쉬나요?"

DS가 발걸음을 멈추었다.

"쉬어?"

"네. 오늘은 안 쉬나요?"

"끝나고 쉬어."

"몇 시간 동안 일만 했는데요."

"그럼 몇 시간 더 일하고, 그때 쉬어."

"그래도……."

"그래도 뭐?"

더 말해봤자 아무 소득도 없을 것 같았다.

"아녜요."

"그래야지."

DS가 코웃음을 치며 걸어갔다. 그때, 뭔가 코트에서 굴러 떨어졌다. 퍼갈은 허리를 굽혀 떨어진 물체를 들여다보았다. 코트 주머니에 난 구멍 같은 데서 빠진 것 같았다.

볼펜이었다. 평범한 싸구려 볼펜. 하지만 지금 퍼갈에겐 그 무엇보다 값진 물건이었다. 퍼갈은 재빨리 볼펜을 집어 주머니에 넣었다. DS는 한 번 더 뒤돌아 생산 라인을 죽 훑어보더니 또다시 코웃음을 치고 걸음을 옮겼다.

통조림은 끊임없이 밀려왔다. 퍼갈은 양손에 하나씩 집어 박스에 내려놓았다. 벌써 또 다른 두 개가 다가오고 있었다. 그 뒤에는 또 다른 두 개가 있었다.

통조림의 바다.

15장
라벨 편지

다시 상황을 정리해볼 시간이었다. 샬롯은 여태까지 모아온 증거와 실마리를 모두 침대 옆의 캐비닛에 담았다. 어른들을 설득할 만한 물건은 없어 보였다. 라벨 없는 통조림 몇 개, 일련번호 몇 개, '살려주세요'라고 쓰인 쪽지 한 장이 다였다. 귀걸이는 퍼갈이 가지고 있을 테고, 반지는 귀, 손가락과 더불어 사라진 지 오래였다. 소각장 어딘가에 버려져 있겠지.

도움을 요청할 사람도 없었고, 갈 곳도 없었다. 할 수 있는 일이라곤 일련번호가 일치하는 통조림을 찾아 지겹도록 마트를 돌아다니는 것뿐이었다.

어찌 됐든 그렇게 뒤지다 보면, 언젠가는 그런 통조림을 찾을 수 있으리라. 무슨 공장인지, 공장의 위치가 어디인지 알아낸 후에는……

후에?

그후엔 어떻게 해야 하지?

뭘 해야 하는 거지?

알 수 없었다.

"샬롯!"

페티그루 부인의 목소리가 들려왔다.

"왜, 엄마?"

"안 갈 거야?"

"아, 잠깐만."

샬롯은 일련번호를 적어놓은 종이를 집어 들고 서둘러 아래층으로 내려갔다.

"어서 가자. 살 게 많단 말이야. 냉동고를 다시 채워야 하니까. 냉동식품들을 가져오려면 아이스박스를 가져가는 게 좋겠다."

"응."

살 게 많다니, 다행이었다. 그만큼 일련번호를 찾아 돌아다닐 수 있는 시간이 늘어날 테니까. 퍼갈의 위치를 찾아 돌아다닐 수 있는 기회가.

하지만 그날은 아무것도 건지지 못했다. 최대한 많이 살펴보려 노력했지만 모든 복도를 다 살펴보기엔 시간이 부족했다.

이렇게 또 하루를 보내야 했다. 소중한 시간이 또 이렇게 흘러갔다. 퍼갈과 살려달라는 쪽지를 쓴 사람은 어떻게 지내고 있을까? 대체 어디에 있는 걸까? 위험에 처해 있을까? 도와주러 오기만을 기다리고 있을까? 유일한 희망인 샬롯이 오기만을 오매불망 기다리고 있지 않을까?

똑, 딱, 똑, 딱. 1초, 1초가 휙휙 지나갔다. 일종의 낫 같았다. 1초마다 시간을 조금씩 베어내는 낫. 다음 주말까지는 일주일이라는 긴 시간이 남아 있었다.

머리가 마비되는 것 같았다. 이제 뭘 해야 하지? 이렇게 무기력하게 다음주까지 기다려야 하는 건가?

다시 일주일이 지났다. 샬롯은 이번에도 일련번호를 찾아 열심히 돌아다녔다. 그런데 얼마 지니지 않아 엄마가 금세 물건으로 가득 찬 쇼핑카트를 끌고 와서는 가야 할 시간이라고 말했다.

샬롯은 무거운 마음으로 계산대로 향했다. 가는 길에 세일 바구니가 보였다. 다른 때와 마찬가지로 구겨진 시리얼 박스나 유명하지 않은 회사의 재고들이 잔뜩 담겨 있었다.

그리고 통조림. 그것들 사이에 반짝반짝 빛이 나는 통조림 하나가 끼어 있었다. 라벨도 없었다. 샬롯은 바구니 옆을 지나가면서 그 통조림을 집어 들었다. 생각보다 가벼웠다. 흔들어보자 그 안에 조그만 심장이라도 들어 있는지 탁탁 소리가 났다. 종이를 구겨 뭉친 것이 담겨 있는 것 같기도 했다.

"샬롯!"

"잠깐만, 갈게!"

샬롯은 은색 통조림을 들고 계산대로 뛰어갔다.

"엄마, 돈 좀 꿔주면 안 돼? 이거 얼마 안 할 텐데."

"이제 그만 사 모으면 안 되겠니? 벌써 방 안에 가득한데."

"하나만 더, 응? 하나만 더요."

"글쎄, 통조림은……."

"다음번 용돈에서 이거 값은 빼고 줘. 이건 꼭 사야겠어."

"그래? 그럼 마음대로 해."

"와! 감사합니다."

"이번이 마지막이야."

샬롯은 그 말을 믿지 않았다. 집에 있는 통조림 중 반이 그렇게 해서 산 '마지막 통조림' 이니까. 하지만 이번 통조림이 정말 마지막이라 해도, 큰 상관은 없었다. 정답이 나와버렸기 때문이다.

샬롯은 통조림을 뒤집어 일련번호를 읽었다.

일치했다.

샬롯은 집에 도착하자마자 방에 올라가서 통조림을 열었다. 그러고는 책상 위에 재빨리 내용물을 털어냈다. 구겨진 라벨 뭉치가 떨어졌다. 그런 뭉치가 몇 개 있었는데, 모두 돌돌 말려 있었다. 샬롯은 그것들을 하나하나 펼쳐 살펴보았다.

'딤블스미스 사의 고급 개 간식'이라고 쓰여 있었다. 그 밑에는 꼬리를 치며 밥그릇에 코를 박고 기쁘게 간식을 즐기는 개 한 마리가 그려져 있었다.

샬롯은 다시 한 번 바닥의 일련번호를 읽어보았다.

DFBN256 101190 03:01 AO.

이제 모든 게 맞아떨어지는 듯 보였다. BN이 제품번호라면, DF는 'Dog Food'인 게 분명했다.

샬롯은 라벨 뭉치 중 다른 하나를 집어 자세히 관찰했다. 아래쪽에 공장주의 이름과 주소가 짧고 조그맣게 인쇄되어 있었다.

'상품에 결함이 있거나 불만족스러운 사항이 있다면 다음 주소로 연락해주십시오. 하버스톡 시, 반 길, 반 농장, 딤블스미스 식품공장 고객센터.'

하버스톡? 가까운 곳이었다. 20킬로미터쯤 떨어져 있으려나? 교외로 조금만 버스를 타고 나가면 도착할 수 있는 곳이었다.

샬롯은 라벨을 뒤집었다. 뒷면에 글씨가 빼곡히 적혀 있었다. 깔끔하면서도 평범하지는 않아 보이는 작은 글씨였다. 할 말은 많은데 종이가 부족했던 것 같았다. 각 라벨들에는 1부터 20까지 페이지 번호까지 매겨져 있었다.

샬롯은 '살려주세요'라고 쓰여 있던 쪽지를 떠올렸다. 그것과 비교하면 이건 거의 논문 수준이었다. 도와달라는 짧은 외침이 아니라 길고 간절한 울음.

그보다 더 충격적인 것은 바로 내용이었다. 첫 줄을 읽은 샬롯은 경악을 금치 못했다. 편지는 '샬롯에게'라는 말로 시작되었다.

샬롯에게.

샬롯이 아닐 수도 있겠죠. 그런데 왠지 너일 것만 같아, 샬롯. 육감이라고 해둘게. 만약 아니라면, 그래도 어쨌든 읽어보고 도와주세요. 전 지금 끔찍한 상황에 처해 있습니다. 이 글을 읽고 있는 당신이 제 유일한 희망입니다. 전 미성년자인데, 저보다 더 어렵고 나쁜 처지에 있는 아이들과 함께 갇혀 있습니다. 적어도 저는 저를 찾아 돌아다니면서 슬퍼해 줄 부모님이라도 있지만, 이 아이들 중엔 아예 엄마 아빠가 없는 애들도 많아요. 아니면 잘 지내고 있는 것으로 잘못 알고 있거나. 그런 아이들은 심지어 잘 지낸다는 편지까지 꾸며서 쓰도록 강요당하고 있습니다.

저희는 여기에 갇혀 있습니다. 밖에 나가지도 못하고 안에서 일하고 자고, 일하고 자고, 오직 그것밖에 없어요. 먹는 음식이라곤 이 공장에서 만드는 애완동물 간식 같은 것밖에 없고요.

이런 일이 요즘 세상에 어떻게 있을 수 있는지 믿지 못하실 수도 있을 거예요. 다른 가난한 나라들에나 아동 노동 착취 같은 게 있지, 이 나라에 어떻게 아직도 이런 일이 존재할 수 있겠어? 하실 수도 있을 거예요. 그런데 그게 사실입니다.

일단 샬롯, 너도 알겠지만 내가 일련번호를 찾아냈어.

마트에서 계속 돌아다닌 끝에 결국 찾아냈어. 네가 돌아올 때까지 기다려야 했는데 내가 너무 성급했어. 계속 손가락이랑 '살려주세요' 쪽지가 떠올라서 어쩔 수 없었어. 그래서 혼자 떠난 거야.

엄마 아빠는 내가 도서관에 가는 줄 알았겠지. 사실 난 버스를 타고 공장을 찾으러 하버스톡으로 갔어.

공장은 진짜 외진 곳에 있어. 버스에서 내리고서도 한참을 걸어야 해. 철조망으로 둘러싸여 있는데 그걸 타고 넘느라 손이 찢어지고 스웨터도 너덜너덜해졌어.

아무튼 넘어왔는데 가장 먼저 느낀 건 코를 찌르는 냄새였어. 공장형 농장에서나 나는 그 끔찍한 냄새 알지? 돼지나 닭 같은 가축을 환기 안 되는 축사에 가둬서 기르는 데 말이야. 진짜 그 냄새는 한번 맡으면 잊을 수가 없을 거야.

다른 데에 비해 이 공장은 그렇게 넓지도 않아. 바람이 다 숭숭 들어오는 오래된 건물이 몇 채 있고. 밖에는 옆면에 '딤블스미스'라고 쓰인 트럭 한 대랑 트레일러 두 대가 있어.

손가락하고 귀 때문에 조금은 겁을 먹은 상태여서, 최대한 안 들키려고 조심하면서 여기저기 돌아다녔지. 처음으로 후회라는 걸 했던 것 같아. 혼자 오지 말걸. 널 기다릴걸. 아니면 어른들한테 말할걸.

그런데 그때는 이미 늦었지.

공터를 가로질러 가는데 처음엔 아무도 없는 것 같았어. 공장 안에서 기계 돌아가는 소리밖에 안 들렸어. 들여다보려 했지만 창문이 다 흰색 페인트로 칠해져 있는 데다 쇠창살까지 쳐져 있었어.

그래서 공장 주위를 빙 돌다가 페인트칠이 조금 벗겨진 창문 하나를 찾았어. 세상에, 그 안에서 뭘 봤는지 알아?

아이들이, 어린아이들이 기계에 다닥다닥 붙어 일을 하고 있더라고. 심지어 대여섯 살밖에 안 돼 보이는 애들도 있었는데, 위험해 보이는 기계들하고 컨베이어벨트 사이에서 애완동물 간식 통조림을 만들고 있었어.

그뿐만이 아냐. 썩었거나 버려야 할 찌꺼기 고기들을 잘게 썰어서 통조림에 담고 있지 뭐야.

처음엔 내 눈이 이상한 줄 알았어. 믿을 수가 없었거든. 조금 있으니까, 잘못 온 것 같다는 생각이 강하게 들었어. 그래서 돌아서서 최대한 빠르게 달렸는데……

어떤 아줌마랑 딱 마주쳤어. 얇은 입술에 몸집도 크고 힘도 세 보이는 아줌마였는데, 왠지 애들이나 사람들을 별로 안 좋아할 것같이 생긴 인상이었지.

날 두 팔로 꽉 잡기에 소리 지르고 차고 난리를 쳤지. 빠져나오려고 정말 애썼는데, 나보다 훨씬 크고 힘이 세서 어쩔 수가 없었어. 조금 뒤엔 어떤 아저씨까지 나와서 움직이지 못하게 날 붙들더라고. 그러고는 주머니에서 휴대폰을 뺏어 갔어.

아, 그전에 알려줘야 할 게 있어. 그 아저씨는 왼손가락이 네 개밖에 없었고, 아줌마는 오른쪽 귀가 거의 잘려나간 것 같았어. 머리카락으로 가리긴 했지만.

"누구냐, 넌?" 아저씨가 말했어. "왜 여기 있어? 뭘 하러 온 거야?"

난 아무것도 모르는 척했지.

"아무것도 아녜요. 길을 잃었을 뿐이에요. 엄마 아빠랑 산책하러 나왔는데……"

엄마 아빠 얘기를 꺼내니까 조금 걱정스러운 눈치더라고.

"지금 어디쯤 있을까?" 아저씨가 아줌마를 보고 말했어. "난 아무도 못 봤는데. 당신은?"

"못 봤어." 아줌마가 말했어. "애가 거짓말하는 거야. 분명 혼자 왔어."

"아녜요. 산책 나왔단 말예요. 곧 오실 거예요."

"왜 담장을 기어 넘은 거야?"

"안 그랬어요. 그냥…… 둘러봤을 뿐이에요."

"창문은 왜 들여다봤어? 뭘 봤지?"

"아무것도 못 봤는데요."

물론 거짓말이었지.

"봤잖아. 말해. 뭘 봤어?"

"아무것도 못 봤다니까요. 진짜예요. 못 봤어요."

아줌마가 아저씨 쪽을 돌아보면서 말했어.

"안 돼. 놔주면 안 되겠어."

"아녜요, 보내주세요."

"너무 위험해."

"아녜요."

"뭔가 본 것 같아."

"못 봤다니까요."

내 말은 듣지도 않더라고.

"그래, 그럼 대체 여기서 뭘 하고 있었던 거지? 엉?"

"그냥 호기심이 생겨서요." 난 최대한 순진한 척했어. "통조림에 관심이 있어서요."

그 말은 정말 괜히 했어. 아저씨가 엄청 기분 나쁘게 씨익 웃더니 이렇게 말하더라.

"통조림에 관심이 있다고?"

그러더니 네 손가락밖에 없는 왼손을 보여줬어.

"통조림이란 건 엄청 위험한 거야. 아주 날카롭고 위험하지. 이런 공장에선 다치기도 아주 쉬워. 내가 경험해봐서 알지. 그렇지, 여보?"
아줌마도 똑같이 기분 나쁜 미소를 지었어.
"그럼. 우리 둘 다 그렇지."
그러면서 귀 쪽에 손을 댔어.
아저씨가 다시 말했어.
"그래. 아주 날카롭고 위험한 거야, 통조림이라는 건. 특히 낡은 기계를 가지고 일할 땐 더더욱 그렇지. 안전 규격에 맞춰 새 기계를 들이려면 돈이 장난 아니게 들거든. 그것만으로도 파산할 수 있어."
"공무원들이며…… 사무 절차며……" 아줌마가 끄덕거렸어.
"그래서 내린 결론이…… 애들을 쓰는 거였지. 그 조그만 애들이 잘못해서 손가락이 잘리거나, 팔목이 잘리거나, 발목, 코, 아니, 아예 분쇄기 속에 뛰어 들어가 개밥이 된다 한들 누가 신경이나 쓰겠냔 말이야. 그렇지? 신경 쓸 사람이 없어."
아무리 봐도 그냥 보내줄 것 같진 않았어. 처음엔 몰랐는데, 그쯤 말하니까 대충 알겠더라고.
"그건 그렇고 너, 통조림에 관심이 있다고?" 아저씨가 말했어. "그럼 잘 찾아온 거야. 통조림에 관심 있는 꼬마들을 마침 모집하고 있었거든. 그런 아이들에게 아주 적당한 일이지. 이제부턴 진짜로 통조림만 보고 살게 될 테니까. 죽을 때까지. 어때, 꼬마야? 자, 이제 그럼 갈까?"
아무리 물어뜯고 발로 차고 할퀴고 해도 덩치 큰 어른 두 명이 제압하니까 어쩔 수 없더라. 결국 공장 안으로 끌려 들어왔지. 그후로 햇볕을

본 적이 없어. 일밖에 안 했거든.

두 조로 나뉘어 있어. 오전 조하고 오후 조. 열두 시간 내내 일해야 하고, 정말 가뭄에 콩 나듯이 가끔 쉴 때가 있어. 컨베이어벨트 앞에 서서 하루 종일 똑같은 짓을 하는 것보다 더 끔찍하고 지루한 건 아마 없을 거야. 근육이 뻐근해지고 머리에서 모든 생각이 사라질 때까지 해야 한다니까.

잘 때는 좁은 방 두 개에 나눠서 자. 하나는 여자 방, 하나는 남자 방. 가끔은 앞의 조 아이가 까먹고 못 일어날 때도 있어. 이럴 땐 그 아이를 깨워야 내가 그 자리에서 잘 수 있어. 밥이라고 주는 게 있는데, 정말 역겨워. 공장주 부부는 둘 다 뚱뚱한 걸 보면 잘 먹고사는 것 같던데. 그 아저씨는 자기를 DS라고 부르라 하더라. 아줌마한테는 '딤블스미스 부인'이라고 불러야 해. 안 그러면 귀싸대기를 맞을지도 몰라. DS는 성질이 정말 급해. 그래서 소리도 자주 지르고, 잘못해서 통조림을 떨어뜨리거나 조금이라도 작업 속도가 뒤처지면 거의 반미치광이가 되어버리지.

DS의 손가락이 왜 그렇게 됐는지 다른 애한테 들었어. 어느 날 분쇄기에 뭐가 걸렸대. 그럼 기계를 멈추고 안에 낀 걸 빼야 하잖아. 그런데 기계를 잠깐 멈춰놓는 그 시간이 아까웠나 봐. 그 분쇄기, 정말 위험한 건데. 어쨌든 그래서 쇠막대기 같은 걸로 조금 건드려보다 안 되니까 손을 넣어서 확 잡아 뽑은 거지. 그 과정에서 손가락이 잘렸대. 그런데 더 엽기적인 게 뭔지 알아? 아무리 그래도 자기 손가락이 잘렸는데, 피를 철철 흘리면서 막 웃었대. 애들한테 보여주고 다니면서 "일 열심히 안 하면 이렇게 된다! 너희들 모두 이렇게 되는 거야!"이랬대. 안젤로가 이 얘길 해줬어.

안젤로와 사비에르라는 애가 있는데, 둘은 형제야. 안젤로는 영어를 그나마 좀 하는데, 사비에르는 이제 막 배우고 있나 봐. 동유럽에서 왔대. 잘 돌봐주겠다고 둘러대고 고아원에서 데려와서는 이런 데서 일을 시키고 있는 거지.

아프리카와 아시아에서 온 애들도 있어. 이 딤블스미스 부부의 수작이 어떤 거냐면, 가난하고 못사는 집에 찾아가서 먼저 부모랑 친해진대. 그러고는 아이를 데려가서 좋은 학교에 보내고 교육도 받게 해주겠다고 약속한다는 거야.

딤블스미스 씨 밑에 레오나르도 밀러라는 공장 감독이 있는데, 자주 보진 못했어. 매일 하는 일이라곤 사무실에 앉아 중얼거리거나, 욕하거나, 위스키 마시는 것밖에 없는 아저씨거든. 다 마시면 꼭 병을 던져서 깨뜨려. 그래서 유리 깨지는 소리가 들리면 '아, 또 한 병을 다 마셨구나' 하고 알 수 있어. 사실 이 아저씨도 노예나 다름없어. 술의 노예지. 술하고, 그걸 사주는 딤블스미스 씨의 노예. 아마 우리처럼 탈출하고 싶을 거야. 하지만 아저씨도 방법을 모를 거야. 트럭을 몰고 외부로 나갈 수 있는 사람은 딤블스미스 부부밖에 없으니까.

잘린 손가락이 왜 하필 통조림에 들어가게 됐는지는 아직도 모르겠어. 기계 결함인 것 같아. 추측이긴 하지만, 아무래도 품질관리부가 없어서, 잘못 만들어진 통조림이 그대로 박스에 담겨 유통된 것 같아.

딤블스미스 부인의 귀가 잘린 이유도 잘 모르겠어. 궁금하긴 하지만, 그렇다고 직접 물어볼 순 없잖아? 물어봤다간 머리카락이 다 뜯기고 말

걸. 아마 분쇄기에 잘린 거겠지. 원래는 안전상의 이유로 하얀 종이 모자를 써야 한대. 벽에 붙어 있는 안내문에서 읽었어. 그런 게 붙어 있는 걸 보니까, 몇 년 전엔 공장이 정상적으로 운영됐었나 봐. 하여튼 딤블스미스 부인의 머리가 엄청 길거든. 아무래도 머리카락이 분쇄기에 걸려서 빨려 들어가다가 귀가 잘려나간 것 같아.

그런데 딤블스미스 부부는 그렇게 다친 걸 무슨 훈장이나 되는 것처럼 생각하나 봐. 아저씨가 손가락으로 애들을 가리킬 때면 꼭 '이것 봐. 난 손가락까지 잘렸는데, 전혀 신경 안 써. 그런 내가 너희들한테 일일이 신경을 써야겠니? 똑바로 해. 너희가 어떻게 되든 내 알 바 아니니까.' 이렇게 말하고 있는 것 같아.

우린 어떻게 될까? 왜냐면, 여기서 나보다 나이가 많은 애는 한 번도 못 봤거든. 왜일까? 계속 생각하고 있어. 안젤로한테도 물어봤었어.

"왜 그런 것 같냐?"

그러자 안젤로가 세상 물정을 몰라도 너무 모른다는 표정으로 쳐다보더라. 사실 맞는 소리지. 난 안젤로에 비해 훨씬 안락한 생활을 해왔으니까.

"왜냐고? 왜인 것 같아?"

"모르겠어, 정말로."

"나이를 먹으면 애들이 덩치도 커지고 힘도 세지잖아. 계속 놔두면 반항도 하고 그럴 거 아냐. 딤블스미스 씨가 그걸 좋아하겠어? 그래서 힘없는 작은 애들을 끌고 와 가두고 일을 시키는 거지."

"그래도 애들은 계속 자라잖아. 아무리 햇빛 못 보고 썩은 음식만 먹는다 해도, 언젠간 클 거 아냐."

"그렇지."

"그럼 어떻게 되는 거야?"

안젤로가 날 불쌍하다는 듯이 바라봤어. 솔직히 기분이 좀 이상했어. 고아원 출신에 가족이라곤 동생밖에 없는 애가 오히려 날 동정하는 거야.

"어떻게 된다고 생각해? 어떻게 될 것 같아? 난 그만 잘래. 힘들어."

그러고는 먼저 잠들었어. 난 혼자 공장 돌아가는 소리를 들으면서, 그게 무슨 뜻일까 한참 생각했어. 컨베이어벨트가 돌아가고, 통조림이 깡깡 부딪치고, 분쇄기가 고기를 갈아내는 소리를 가만히 듣고 있었어.

그러다 보니까, 알겠더라.

다 큰 아이들을 어떻게 처리하는지 알겠더라.

겉보기엔 작은 사고에 불과하지. 아이들이 어딘가에 걸려 넘어지거나, 실수로 분쇄기에 빠지는 거야. 난간도 손잡이도 없으니, 실수로 그 속에 떨어지는 것만큼 쉬운 일도 없지. 누가 살짝 밀기만 해도 균형을 잃을 텐데.

그럼 끝인 거야.

아무도 모르겠지. 다른 아이들은 물론이고, 분쇄기에 떨어진 아이도 무슨 일이 일어난 건지 모를 거야. 눈 깜짝할 사이에 고기가 될 테니까. 그런 다음 다른 찌꺼기 고기들과 같이 조리돼서……

통조림에 담기겠지.

통조림에 담기는 거야.

여기선 내가 가장 나이가 많아. 덩치도 크고. 다른 아이들은 여기에 갇혀 일한 지 오래돼서, 지칠 대로 지치고 반항할 힘도 없는 상태인데, 난 아니잖아. 딤블스미스 씨가 계속 날 흘끔흘끔 바라봐. 내가 무슨 일을 일으키거나, 아니면 누군가 나를 찾고 있을까 봐 걱정하는 것 같아. 요즘 부쩍 공장 가까이로 접근하는 사람들을 경계하고 있어. 하긴 꼭 나 때문만은 아닐 거야. 들키면 평생 감옥에서 살아야 할지도 모르니까.

그래서 항상 옷도 깔끔하게, 흰 셔츠에 멋진 넥타이를 매고 돌아다니는 것 같아. 의심받지 않으려고. 아마 대부분의 사람들은 딤블스미스 씨가 친절하고, 인간성 좋고, 과묵한 동네 아저씨인 줄 알고 있을 거야. 자선 모금함에 항상 5파운드씩 기부하면서도 떠벌리지 않는 착한 사람인데, 운 없게도 손가락을 잃었다니 얼마나 안타까운 일이야, 하고들 있겠지. 실상은 하나도 모르면서.

제발 날 도와줘, 샬롯. 읽고 계신 분이 샬롯이 아니라면, 그래도 제발 도와주세요. 지금 이 편지를 쓰는 것도 무척 위험한 일이야. DS가 내 주머니를 뒤지기라도 한다면, 난 그 자리에서 끝이야.

오늘 아침에 넣어 보낼 생각이야. 오늘이 내가 통조림 속 채우는 기계에서 일하는 차례거든.

분쇄기에 연결된 관을 타고 내려온 다진 고기를 빈 통조림에 채워 넣는 기계야. 속이 채워진 후엔 뚜껑을 닫아 밀봉하고, 라벨을 붙여. 난 손잡이를 당겨서 적당한 양의 개와 고양이 간식(사실 다른 건 없어. 상표만 하나는 개, 하나는 고양이용으로 붙여서 파는 거야)을 통조림에 채우기만 하면 돼. 별거 아냐. 로봇들이나 할 만한 일이지.

빈 통조림에 편지를 집어넣는 것도 별로 어렵지 않아. 그냥 편지를 넣고, 고기를 채우지 않으면 되니까.

문제는 그다음이야.

샬롯, 너처럼 호기심 많은 애가 이걸 읽게 하려면 세일 바구니에 담기도록 만들어야 하는데, 그러려면 라벨이 없어야겠지?

그래서 몇 날 며칠 동안 방법을 궁리했어. 처음엔 라벨 붙이는 기계에 가서 기다리고 있다가 라벨을 확 떼어버리려 했지만, 그러려면 내 자리를 잠시 비워야 하잖아? 라벨을 떼고 돌아오면 통조림들이 텅 빈 채 잔뜩 컨베이어벨트를 타고 지나가고 있겠지.

DS한테 들키는 날엔…… 정말 죽을지도 몰라.

그러다 좋은 생각이 떠올랐어.

간단했어.

답은 고기에 있었어.

고기에 그 기름진 젤리 같은 부분이 있잖아. 그걸 조금 떼어내 통조림 겉에 바르는 거야. 그럼 풀이 안 붙을 거 아냐.

라벨도 안 붙고.

아마 될 거야. 될 것 같아. 사실, 이걸 생각하느라 잠시나마 끔찍한 기분에서 벗어날 수 있었어. 체스나 스도쿠를 푸는 것 같았거든.

샬롯, 이 편지를 받게 된다면, 무슨 일이 있어도 혼자 오지 마. 누구한테든 먼저 알려. 우리 엄마나 아빠, 아니면 너희 엄마나 아빠, 경찰, 누구한테라도. 절대로 혼자 오면 안 돼. 그랬다간 우리랑 똑같은 처지가 되고 말 거야.

아무도 믿어주지 않더라도, 그냥 오진 마. 절대 혼자서는 오지 마. 친구까지 끌어들이느니 차라리 혼자 통조림에 들어가는 게 낫지. 그러니까 최대한 도움을 청할 곳을 알아봐줘. 절대 위험을 무릅쓰진 마. 만약 오지 않더라도, 뭐 편지를 아예 못 볼 수도 있겠지만, 어쨌든 네가 최선을 다했을 거라는 건 내가 잘 아니까.

그동안 재미있었어, 샬롯. 나처럼 통조림을 모으는 애가 있을 거라곤 생각 못했거든.

이제 라벨이 더 없네. 이게 마지막 장이야.

안녕, 샬롯. 이 편지가 너한테 잘 전해졌으면 좋겠다. 친구가 되어줘서 고마웠어.

퍼갈 밤필드(펄)

추신: 우리 엄마 아빠를 혹시 볼 일이 있다면 퍼갈이 사랑한다고 그랬고, 벌레 채집통에 새로 먹이를 갈아달라고 했다고 꼭 좀 전해줘.

이른 저녁이었다. 밤필드 부인은 침실로 올라가 커튼을 치고 일찍 잠들었다.

부인은 밤필드 씨에게 자기는 밥 먹을 생각이 없고 계속 자고 싶으니 깨우지 말라는 내용의 쪽지를 남겨두었다. 돌아와서 배가 고프면 직접 요리하거나 나가서 사 먹으라고. 그것도 싫으면 냉장고에 음식 많으니까 하나 골라 먹으라는 말을 덧붙였다.

일을 마치고 돌아왔는데 따끈따끈한 저녁이 준비되어 있지 않아 살짝 실망한 밤필드 씨는 할 수 없이 차고로 가서 냉동고를 열었다.

별로 먹고 싶은 게 없었다. 그렇다고 운전해서 밖으로 나가고 싶지도 않았다. 배는 고픈데, 뭘 먹고 싶은지 확실히 감이 오지 않았다.

뭔가 깜짝 놀랄 만한 게 필요했다.

예상치 못한…… 깜짝 놀랄 만한…….

그런 음식이 뭐가 있지?

한참을 망설이던 밤필드 씨는 조용히 계단을 올라 퍼갈의 방에 들어갔다. 아들의 방은 어울리지 않게 지나치게 깔끔했다. 주인이 돌아오기만을 기다리는 것 같았다. 하지만 그 희망도 날이 갈수록 희박해지고 있었다.

밤필드 씨는 방 안을 둘러보았다. 목이 메었다. 퍼갈, 어디 있는 거니…….

퍼갈의 물건들이 차례차례 눈에 들어왔다. 책가방, 책, 음악 시디들…….

그리고 통조림. 반짝반짝 빛나는 라벨 없는 통조림들.

밤필드 씨는 책장 쪽으로 가서 통조림들을 가만히 살펴보다 하나를 집어 내렸다.

"퍼갈." 밤필드 씨는 속삭였다. "너 대신 하나 열어볼게."

부엌으로 돌아온 밤필드 씨는 그릇과 통조림따개를 가져와 칼날 부분을 뚜껑 가장자리에 댔다.

손잡이를 꽉 잡자 칼날이 뚜껑을 뚫으며 공기가 밀려 들어갔다. 밤필드 씨는 가장자리를 따라 윗부분을 둥그렇게 잘랐다.

손가락으로 뚜껑을 잡아 떼어내자 통조림의 내용물이 드러났다.

동시에 코를 찌르는 냄새가 확 풍겨왔다.

 밤필드 씨는 얼굴을 찌푸렸다. 그러고는 안에 담긴 것을 숟가락으로 접시에 긁어냈다.

 불쾌하기 그지없었다.

 절대 먹지 못할 음식이었다.

 일단 냄새만으로도 역겨웠다. 모양새는 말할 필요도 없었다. 회색과 분홍색이 섞인 일종의 회반죽 같았다. 뭐에 쓰는 건지 생각해내는 데만 한참이 걸렸다. 값싼 애완동물 사료인 듯 보였다.

 밤필드 씨는 숟가락 끝으로 나신 고기 뭉치를 찔러보았다.

 그때 어디선가 고양이의 긴 울음소리가 들려왔다.

 내려다보니 어느새 주방에 들어온 앵거스가 흥미롭다는 눈빛으로 밤필드 씨를 바라보고 있었다.

 '그거, 나 줄 거야?' 하고 묻는 것 같았다. 앵거스는 통조림을 보며 천천히 수염을 핥았다.

16장
샬롯의 모험

샬롯은 편지의 마지막 장을 내려놓고는 잠시 무기력하게 앉아 있었다. 라벨들을 순서대로 정리하고 다시 한 번 훑듯이 읽어 내려갔다. 위급상황이었다. 누군가 지금 당장 이 아이들을 도와야 했다. 그럴 만한 사람은 현재 샬롯밖에 없었다.

샬롯은 책상에 라벨 뭉치를 탁탁 내리쳐 가장자리를 가다듬고는 손에 꽉 쥔 채 주방으로 내려갔다. 페티그루 부인이 식탁에 앉아 요리책을 읽고 있었다. 저녁에 오기로 한 손님을 위해 특별요리를 만들려는 것 같았다.

"엄마."

"왜, 무슨 일 있니? 지금 내가 좀 바빠서 말이야."

"엄마, 퍼갈 말인데……."

부인이 깜짝 놀라 고개를 들었다.

"퍼갈? 무슨 소식 있니? 찾았대?"

"그렇기도 하고, 아니기도 해."

"그게 무슨 소리야?"

"그러니까 찾진 못했지만, 어디 있는지는 알겠어."

부인은 의심쩍은 눈빛으로 샬롯을 바라보았다.

"네가 안다고?"

"응."

"어디 있는데?"

"지금 위험해. 도움이 필요한데, 혼자 있는 것도 아냐. 다른 애들도 더 있는데, 다 엄청 위험한 상황이야."

"그런데 어떻게…… 어떻게 알았어, 그걸?"

샬롯은 빽빽한 글씨로 채워진 라벨 뭉치를 들어 올렸다.

"편지를 받았어. 퍼갈이 편지를 보냈어."

부인은 더더욱 이해 못하겠다는 표정을 지었다.

"편지를 보내? 무슨 말인지 모르겠다. 오늘 아침에 우체통을 봤는데 전단하고 세금청구서밖에 없었어. 나한테 온 편지도, 아빠 앞으로 온 편지도 없었는데, 네가 편지를 받았다고?"

"우체통으로 온 게 아냐."

"그럼?"

"통조림에 들어 있었어."

부인은 얼굴을 확 찌푸렸다.

"오, 제발. 이제 그만 좀 하렴. 진심이야."

부인은 찬장으로 가서 요리에 필요한 믹서, 냄비, 프라이팬과 그릇 몇 개를 꺼내 왔다.

"진짜야, 엄마. 오늘 아침에 사 온 통조림, 그 안에 있었어. 라벨 없는, 그 세일 바구니에서 가져온 거 말이야."

"샬롯, 이제 그만 좀 해라."

"그런데 엄마……."

"그 별난 취미 말이야. 이젠 나도 아주 지긋지긋하다. 벌써 침실의 반이 통조림으로 가득 찼잖아. 이젠 통조림이 무슨 환상까지 불러일으키니?"

"엄마, 진짜야. 내 말 좀 믿어. 읽어봐. 여기, 여기 보이지? 라벨 뒤에 글씨 쓰여 있는 거. 퍼갈한테서 온 거야."

"그래, 샬롯, 어련하겠니? 여섯 시에 손님들 오실 거야. 이제 준비해야 하니까 엄마 좀 내버려둬."

"읽어봐. 정말이란 말이야. 보면 알아."

"그렇겠지. 정 그렇다면 읽어볼게. 하지만 지금은 안 돼. 시간이 없어. 거기 두면 내일 읽어볼게."

"진짜 긴급하단 말이야. 실제 상황이야. 장난치는 거 아냐."

"미안하지만 장난 같은걸? 지금 너랑 놀아줄 시간 없어."

"엄마, 퍼갈한테서 온 거라고. 지금 다른 애들이랑 같이 갇혀 있는데, 거기서……."

"그만 좀 해!"

부엌에 페티그루 부인의 목소리가 쩌렁쩌렁 울렸다. 살면서 몇 번

들어본 적 없는 고함소리였다. 엄마의 얼굴이 확 달아올랐다가 순식간에 싸늘해지는 게 느껴졌다.

"이제 그만하면 됐어, 샬롯. 충분히 참을 만큼 참았어."

아무래도 샬롯의 말을 믿어주지 않을 것 같았다.

"여태껏 참아왔어. 네 그 희한한 취미하고 다른 것들까지 다. 이해하려 노력했는데, 이제 더 이상은 안 되겠구나."

엄마는 내일이 되어도 편지를 읽어보지 않을 것 같았다. 벌써 한쪽으로 치워놓고 있었다.

"너, 정신이 나간 것 같아. 정말이야. 어떻게 그 불쌍한 밤필드 아줌마를 보면서 그런 생각을 할 수가 있니? 지금 퍼갈을 찾으려고 다들 돌아다니······."

"어디에 있는지 내가 안다니까! 정말이라고!"

"이제 그만해. 그리고 엄마가 말하는 중간에 끼어들다니! 지금 모두들 퍼갈 찾느라고 돌아다니잖아. 퍼갈 부모님은 아들을 영영 찾지 못할까 봐 얼마나 걱정이 많고 슬픈데······."

"그런데 엄마······."

부인은 샬롯의 말을 무시하고 밀가루와 밀대, 거품기, 칼을 꺼내 식탁에 내려놓았다.

"얼마나 걱정이 많고 슬픈데, 그런데 넌 이런 유치하고 어이없는 장난이나 하고 있으니, 나까지 화가 나는구나. 정말이야. 아주 못된 짓이야, 샬롯. 장난을 칠 때, 안 칠 때를 구별할 수 있어야지."

"엄마······."

"엄마 뭐? 이제 더 이상 안 들을 거야. 말 끝났으니까 저 종이들 들고 빨리 나가! 지금 요리 때문에 바쁜데 어디서…….."

"그런데…….."

샬롯은 바로 입을 다물었다. 아무리 말해도 소용없을 것 같았다. 절대 들어주지 않을 것 같았다. 라벨에 쓰여 있는 편지나, 통조림에 대한 이야기나, 퍼갈이 위험에 처해 있다는 사실 중 거짓말은 하나도 없는데.

그렇다 해도 아무도 믿지 않으니…… 가끔씩은 거짓말이 더 나을 때가 있다. 때때로 사람들은 진실보다 거짓말을 선호한다. 더 논리적이고 현실적이기 때문이다.

"알았어. 나가면 되잖아."

샬롯은 라벨 뭉치를 집어 들고 조용히 주방을 빠져나갔다.

잠시 후 화를 가라앉힌 페티그루 부인은 자기가 너무 심하게 흥분했던 건 아닌가 하는 생각이 들었다.

"미안하다, 샬롯. 갑자기 소리 질러서 미안해…… 별 생각이 있었던 건 아니고…… 지금 요리 때문에 바쁘다 보니…….."

하지만 샬롯은 이미 부엌을 나간 후였다. 딸깍 하고 문 닫히는 소리가 들려왔다. 방으로 돌아간 모양이라고 추측한 부인은 다시 요리에 집중했다. 실수였다. 그건 방문이 닫히는 소리가 아니었다. 현관문이 닫히는 소리였다.

샬롯은 코트를 걸치고 지갑과 라벨 뭉치를 들고 집을 나왔다.

이제 어디로 가지?

누구한테 가야 하지?

샬롯은 빠른 걸음으로 길을 나아갔다. 연말이 가까워져서인지 낮이 점점 짧아지고 있었다.

어디에 가지? 누구한테 가지? 누가 도와줄까?

아빠가 집에 있었으면 좋았을 텐데. 아빠는 들어줄지도 모르는데. 하기야 그건 모르는 일이었다. 믿지 않거나, 아니면 역시 바빠서 아예 신경 쓰지 않을 수도 있었다.

밤필드 아줌마.

맞아, 바로 그거야. 퍼갈 엄마는 적어도 샬롯의 말을 들어줄 게 분명했다. 그러면 바로 경찰에 신고하겠지. 경찰차들이 사이렌을 울리면서 잔뜩 몰려가 딤블스미스 부부를 잡아들이겠지.

샬롯은 발걸음을 빨리했다. 벌써 하늘이 어두워지고 있었다. 헤드라이트를 켜고 다니는 차들이 점점 늘어났다. 지평선 위의 다홍색 해가 겨울 구름 속으로 천천히 빠져 들어가고 있었다.

멀지는 않다. 금방 도착할 수 있을 거다. 빨리 걸으면 10분, 길어 봤자 15분밖에 안 되는 거리다.

귀퉁이를 몇 번 돌고, 뒷길에 난 지름길을 타고 가니 어느새 퍼갈의 집이 나타났다.

샬롯은 얼른 문 앞으로 달려가 초인종을 눌렀다.

삐이이이이이익.

하지만 집 안에서는 아무 소리도 들려오지 않았다.

"안에 누구 없나요?" 여행자가 물었습니다.
달빛 비치는 문을 쿵쿵 두드리면서.

다시 한 번 초인종을 눌렀다. 왠지 벨소리까지 으스스하고 오싹하게 느껴졌다. 문득 학교에서 배운 시가 떠올랐다. 말을 타고 폐가를 찾은 한 여행자에 관한 시였다. 문을 두드리고 초인종을 울려도 나와서 맞이하는 사람이 아무도 없는데, 이상하게도 누군가 보고 있는 것만 같은 기분이 든다는 내용이었다. 제목이 '듣는 자들'이었던가. 그래, 그게 제목이었다. 말하는 자는 없고 '듣는 자들'만 있다는 거였다. 그 '듣는 자들'은 과연 누구였을까? 귀신?

삐이이이이이익.

정적이 흘렀다. 샬롯은 현관문의 신문 구멍을 열고 소리쳤다.

"아줌마! 아저씨! 저예요, 샬롯! 퍼갈 때문에 왔어요!"

없었다. 아무도 없었다. 쌀쌀한 저녁 공기만이 길거리를 뒤덮고 있었다. 심장이 얼음처럼 딱딱하게 굳어가는 기분이었다.

"아줌마! 저, 샬롯이라니까요!"

어디에 간 거지? 친척 집에 갔을 수도 있다. 아니면 동생네 집에 가 있나? 하긴 텅 빈 집에서 혼자 경찰차가 소식을 갖고 오기만을 기다리는 것처럼 끔찍한 일도 없을 테니까.

"아줌마!"

"거기 없단다, 애야."

누군가의 목소리가 들렸다.

고개를 돌려 보니, 옆집 아줌마가 부엌 창문 밖으로 고개를 내밀고 있었다.

"어디 가셨는지 아세요?"

"여동생 집에 간 것 같던데. 고양이 먹이를 챙겨달라고 부탁하더구나."

"그 여동생 분 주소, 혹시 모르세요?"

"그것까진 잘 모르겠는데."

"언제 돌아오신대요?"

"그것도 모르겠구나. 요즘 이 집 부부가 참 어려운 일을 겪었거든. 네 나이 또래의 퍼갈이라는 아들이 있는데, 글쎄……."

"네, 저도 알아요."

"아…… 친구인가 보구나?"

"네."

"할 말이 있으면 내가 대신 전해줄 수도 있어."

샬롯은 주저했다.

"아, 아녜요. 어쨌든 감사합니다."

샬롯은 왔던 길을 되돌아가기 시작했다. 옆집 여자는 샬롯이 길 끝에 다다랐을 때에야 다시 집 안으로 들어갔다.

이제 어디로 가야 할지 감이 잡히지 않았다. 쌀쌀한 날씨 때문에 가만히 서 있을 수는 없었다. 다섯 시도 안 됐는데 벌써 어둑했다. 자동차들이 헤드라이트를 켜고 샬롯 옆을 느릿느릿 지나갔다.

누구한테 가지? 어디로 가지? 누가 이걸 믿어줄까? 아이가 하는 말도 안 되는 이야기를 대체 누가 믿어줄까? 통조림에 담긴 쪽지, 손가락, 귀, 반지, 귀걸이에 대한 이야기를 누가 믿어줄까? 아무도 없었다.

"그만 좀 하렴! 이건 좀 지나치구나, 샬롯."

벌써부터 어른들의 잔소리가 귓가를 울렸다.

생각 없이 걷다 보니 어느새 경찰서 앞이었다. 샬롯은 마음을 가다듬고 안으로 들어가 '조회/문의'라고 표시된 창구로 걸어갔다. 은행이나 우체국처럼 강화유리가 설치되어 있었다. 혹시나 위험한 사람이 와서 공격할까 봐 그런 거겠지.

샬롯도 그 위험한 범주에 속할까?

샬롯은 '직원 호출'이라고 적힌 버튼을 눌렀다.

가까이의 다른 부서에서 서류 작업을 하고 있던 한 경찰이 고개를 들어 샬롯을 쳐다보았다. 기록을 마저 한 경찰은 자리에서 천천히 일어서더니 미적미적 창구 쪽으로 걸어왔.

강화유리 너머의 작은 마이크에 대고 경찰이 말했다.

"무슨 일이니?"

무슨 말부터 시작해야 할지 막막했다.

"음…… 음, 뭘 찾았는데요."

"분실물?"

"아뇨. 통조림 안에서요."

"통조림?"

경찰의 얼굴에 걱정스러운 표정이 떠올랐다. 마치 '여태까지 별일 다 봐왔지만, 이런 건 또 처음이네. 반갑지 않아' 하고 말하는 것 같았다.

"네. 통조림에서 편지를 찾았는데, 친구한테서 온 거예요. 퍼갈 밤필드라고, 얼마 전에 사라진 아이인데요."

경찰이 한숨을 쉬었다.

"사라진 아이라고?"

"네."

"퍼갈이란 아이가 사라진 아이라고?"

"네!"

"뭐 피터팬 같은 거니? 피터팬하고 웬디하고 사라진 아이들, 그 이야기?"

"아녜요! 아녜요! 아실 거예요. 퍼갈 밤필드요. 실종된 애예요. 다들 찾아 돌아다니고 난리인걸요!"

"그래, 나도 안다. 이해해. 도우려는 마음은 충분히 알겠는데, 이미 경찰 아저씨들이 열심히 해결하려고 노력 중이니까, 마음만큼은 고맙게 받을게."

"어디 있는지 안단 말예요!"

"어디 있는데?"

"공장요!"

"공장?"

"통조림 만드는…… 통조림 속 채우는 공장요."

"통조림? 그렇구나."

"여기요. 이 편지에 있어요."

"편지?"

샬롯은 주머니에서 라벨 뭉치를 꺼내 쇠창살 아래로 밀어 넣었다.

"제가 찾았다는 게 이거예요. 통조림에서 나왔어요."

경찰은 라벨 뭉치를 집어 휙휙 넘겨보더니 이내 다시 샬롯에게 돌려주었다.

"꼬마야, 무슨 말인지는 잘 알겠어. 나도 사실 너만 한 애들이 있어서, 애들이 무슨 생각을 하는지 잘 안단다. 그 나이가 한창 상상하고 그럴 때잖아? 나도 어렸을 땐 그랬어. 영웅이 되는 상상, 물에 빠져 허우적대는 사람들을 구해주고 훈장을 받는 상상, 별 생각을 다 했었지."

"제발 편지를 한 번만 읽어주세요. 만들어낸 게 아녜요. 지금 공장에 갇혀 있다고요. 진짜라니까요!"

하지만 경찰은 샬롯의 말에 귀 기울이지 않았다.

"사실 그 어렸을 적 상상이 지금 경찰 일을 하게 된 밑바탕이었던 것 같구나. 물론 경찰 일이라는 게 그렇게 흥미진진하진 않지만 말이다. 어쨌든 네 마음은 잘 알겠는데, 경찰 아저씨들이 잘 해결할 거야. 그러니까 라벨에 쓴 그 이야기 가지고 집에 돌아가서……."

"제가 쓴 게 아녜요. 아니라니까요. 통조림에 이런 상태로 들어 있었어요."

"그래, 통조림에 들어 있었겠지. 어쨌든 가지고 집에 돌아가서 잘 간직하고 있어라. 나중에 커서 다시 읽어보고 '내가 예전에 이랬었구나' 하면서 웃을 날이 올 거야. 다들 그런단다."

"왜 제 말을 이해 못하세요……!"

분노와 답답함에 울음이 터질 것 같았다. 왜 아무도 믿지 않는 거지? 왜 이야기를 끝까지 듣지 않는 걸까?

"자, 이제 어서 가보렴. 엄마 아빠 걱정하시기 전에 얼른 돌아가야지. 벌써 한 명 실종된 것만으로도 골치가 아픈데, 또 그런 일이 생기면 안 되지 않겠니. 어서 가. 아니면 여기 경찰 아저씨가 바래다줄 수도 있어. 어머니? 어떡할래?"

샬롯은 충격에 휩싸였다. 절대 안 된다. 집에 돌아가다니, 그것도 경찰의 에스코트를 받으면서! 아니, 아직은 그러면 안 된다. 퍼갈이 그런 위험에 처했는데. 지금 집에 들어갔다간 아예 외출을 금지당하고 말 거다. 아무도 샬롯의 말을 믿지 않을 테고, 서로 점점 화와 불신만 쌓여가겠지.

어쨌든 집에는 들어갈 수 없었다. 아직은. 자기 말을 믿어줄 사람을 찾기 전까지는.

"괜찮아요. 가까이에 살거든요. 감사합니다."

"잠깐, 꼬마야."

경찰이 샬롯을 불러 세웠다.

"잠깐 기다려봐. 이름이 뭐지? 어디 사니?"

하지만 '꼬마'는 이미 경찰서를 나간 뒤였다.

샬롯은 라벨 뭉치를 한 손에 꼭 쥐고 주머니에 쑤셔 넣었다. 그러고는 계단을 뛰어내려 서둘러 북적대는 번화가 속으로 숨었다. 쇼핑

백과 가방을 든 사람들이 바쁘게 거리를 활보하고 있었다. 한 아이가 크리스마스 과자 상자를 들고 아빠와 함께 길을 걷고 있는 모습이 눈에 들어왔다. 샬롯은 깜짝 놀랐다. 벌써 크리스마스가 가까워졌나? 크리스마스 과자를 사 먹을 정도로? 몇 주 더 남았을 텐데.

샬롯은 발이 움직이는 대로 따라갔다. 목적지는 확실하지 않았지만, 적어도 집은 아니었다. 퍼갈이 기다리고 있는데 어떻게 그냥 집에 가겠는가.

공장에 갇혀 있는 아이들은 크리스마스가 와도 과자 한 조각 얻어먹지 못할 거다. 아니, 과자를 먹기는커녕 평일과 마찬가지로 죽어라 일만 해야겠지. 푸딩도, 특별한 저녁식사도 없이 통조림들 속에서 지겨운 하루를 보내야 하겠지.

정신을 차려보니 시외버스 터미널이었다. 샬롯은 안내 데스크로 걸어가 물었다.

"하버스톡 가는 버스가 어떤 거예요?"

"7번이란다. 3분 후면 출발할 거야. 얼른 가렴."

샬롯은 쇼핑백을 들고 우왕좌왕하는 인파를 뚫고 걸어갔다.

"이 버스, 하버스톡 가나요?"

"그래. 티켓은 어느 걸로 줄까? 편도 아니면 왕복?"

"음…… 어……"

'긍정적으로 생각해, 샬롯. 긍정적으로.' 샬롯은 스스로에게 속삭였다. '넌 다시 돌아올 수 있어. 그렇고말고.'

"왕복요."

"여기 있다."

지갑을 꺼내 값을 치르고도 돈이 조금 남았다. 샬롯은 버스 중간쯤의 창가 자리에 앉았다. 버스 안에는 샬롯까지 포함해 고작 서너 명밖에 없었다.

얼마 후 버스가 출발했다. 버스는 마을 밖으로 나가는 차들의 행렬에 끼어 부르릉거리며 앞으로 나아갔다. 엔진 소리에 머리가 울렸다. 마치 노래 한 곡의 반주를 반복적으로 듣고 있는 기분이었다. 어느새 가사까지 붙은 채 머릿속을 맴돌았다.

무슨 일이 있어도, 절대로 혼자 오지 마, 샬롯. 제발, 제발, 혼자 오지 마.

샬롯은 고개를 휘휘 저어 목소리를 털어내려 애썼다. 하지만 버스 엔진은 계속해서 같은 음을 연주했다.

혼자 오지 마, 샬롯.
절대, 절대, 혼자 오지 마.

혼자 오지 말라고? 이미 늦었다.

알아, 퍼갈. 알아, 알아, 나도 알아.

하지만 아무도 믿어주지 않는데 어쩌겠어.

"샬롯, 이 편지를 받게 된다면, 무슨 일이 있어도 혼자 오지 마. 누구한테든 먼저 알려. 우리 엄마나 아빠, 아니면 너희 엄마나 아빠, 경찰, 누구한테라도. 절대로 혼자 오면 안 돼. 그랬다간 우리랑 똑같은 처지가 되고 말 거야."

"그러려고 했는데, 다들 믿지도 않고 듣지도 않아. 난 정말 최선을 다했어."

"아무도 믿어주지 않더라도, 그냥 오진 마. 절대 혼자 오지 마."

"안 돼. 그럴 순 없어."

"친구까지 끌어들이느니 혼자 통조림에 들어가는 게 낫지."

"친구가 위험에 빠져 있는데 아무것도 못 할 바엔 차라리 나도 통조림에 같이 들어가는 게 나아."

"혼자 오지 마, 샬롯. 그게 다야. 정말, 다른 건 다 해도 돼. 그렇지만 절대 혼자 오지는 마!"

"혼자 탔니?"

"네?"

뒷좌석에 앉은 한 할머니가 미소를 지으며 사탕봉지를 내밀었다.

"혼자 탄 거야?"

"⋯⋯네. 하버스톡에서 누가 마중 나오기로 했어요."

"다행이구나. 이렇게 어두운데 혼자 돌아다니면 위험해. 박하사탕 먹을래?"

"감사합니다."

벌써 저녁 먹을 시간이 된 모양이었다. 샬롯은 사탕을 입에 넣었다. 이상하게도 배가 별로 고프지 않았다. 음식 대신에 긴장감, 두려움 같은 게 속에 가득 차 있었다.

하버스톡에 도착하면, 그때부터는 어떻게 하지? 뭘 해야 하지?

아냐, 가서 결정하자. 한 번에 하나씩만 생각하자. 절대로 잡혀서는 안 돼. 일단 마음을 편하게 갖자.

"하버스톡입니다! 하버스톡! 어이, 거기 꼬마 아가씨! 하버스톡에서 내린다고 하지 않았나?"

샬롯은 사리에서 일어나 서둘러 출입구로 뛰어갔다. 박하사탕을 주었던 할머니는 벌써 내린 모양이었다.

"고맙습니다. 죄송해요, 깜박 낮잠이 들어서요."

생각해보니 낮잠보다는 밤잠에 가까웠다.

"괜찮아."

버스 계단을 내려가던 샬롯은 주저하다가 입을 열었다.

"혹시 반 길이 어디 있는지 아세요?"

기사는 바로 앞의 횡단보도를 가리켰다.

"저기다. 저기 왼쪽. 그런데 아저씨가 버스 시간을 지켜야 하거든. 그래서……."

"죄송해요."

계단을 내려가자 뒤에서 문이 닫히고 버스가 떠나갔다.

한밤중, 샬롯은 낯선 곳에 혼자 서 있었다.

17장
아이 로봇 혹은 좀비

하버스톡은 시라고 부르기도 뭐한 곳이었다. 교회 하나, 가게 하나, 집 몇 채, 공중전화 한 대와 교차로가 딸린 조그만 마을에 불과했다. 공동묘지 옆에는 말라붙은 연못이 있었다.

샬롯은 휴대폰을 찾으려고 코트 주머니 부분에 손을 갖다 댔다. 아무것도 느껴지지 않았다. 뛰다가 바닥에 떨어뜨린 모양이었다. 샬롯은 공중전화 부스 앞으로 걸어갔다. 혹시 모르니 엄마 아빠한테 지금 있는 위치를 알려두는 게 좋을 것 같았다. 하지만 지갑을 열어 보고는 금세 단념했다. 지금 갖고 있는 동전으로는 공중전화를 쓸 수 없었다. 전화기에는 동전 투입구밖에 없었다. 왜 미리 동전 바꿔놓을 생각을 못했을까.

샬롯은 빠르게 앞으로 걸어갔다.

지금쯤이면 페티그루 부부도 샬롯이 사라진 걸 알아차렸을 거다.

방 안에 샬롯이 없는 걸 보고 어디 갔을까, 고민하고 있을 거다. 저녁식사는 엉망이 될 거다.

누군가 샬롯의 말에 조금이라도 귀를 기울였다면 이런 일은 없었을 텐데.

샬롯은 교차로에서 왼쪽으로 방향을 틀었다. 표지판에 빛바랜 글씨로 '˩ㄱ|'라고 쓰여 있었다. 'ㅂ'자와 'ㄹ'자가 지워진 모양이었다.

샬롯은 계속해서 걸었다. 쌀쌀하지만 구름 하나 없이 맑은 밤이었다. 희미한 달빛이 길을 밝혀주었다. 한발 한발 앞으로 나아갈 때마다 저벅거리는 발소리가 주위에서 메아리쳤다. 들판에는 울타리와 산딸기나무들이 줄지어 서 있었고, 꾸불꾸불한 가시덤불이 땅 위를 기어가고 있었다. 멀리서 소가 울고 양들이 수다를 떨었다.

어디선가 차 소리가 들려왔다. 샬롯은 잽싸게 덤불 뒤에 숨었다. 헤드라이트가 눈이 부실 정도로 심하게 밝은 걸 보니, 일반 자가용은 아니고 덩치 큰 지프나 랜드로버인 것 같았다. 어쩌면 옆면에 '고급 애완동물 식품, 딤블스미스 사'라고 쓰여 있는 소형 트럭일 수도 있었다. 딤블스미스 씨가 직접 운전하고 있는지도 몰랐다. 하지만 한순간 눈앞이 하얘져 아무것도 보이지 않았다. 얼른 눈을 깜박거렸지만, 이미 차는 길모퉁이 쪽으로 멀어진 후였다.

"누구 없나요?" 여행자가 물었습니다.

이젠 아무도 없었다. 아무도. 샬롯은 홀로 어두운 시골의 밤길을 걸어갔다. 도중에 웅덩이에 빠지는 바람에 진흙탕에서 발을 빼내느라 한참 고생했다. 걷는 내내 발이 축축하고 차가웠지만, 지금은 그딴 것에 신경 쓸 겨를이 없었다.

3킬로미터쯤 걸어가자 마침내 길이 꺾였다. 왼쪽으로 좁은 비포장도로가 이어져 있었는데, 입구에는 가축이 도망치지 못하도록 도랑이 파여 있었다. '반 농장'이라고 새겨진 썩어가는 나무 표지판은 철사로 문설주에 꽁꽁 묶여 고정되어 있었다. 어디를 봐도 공장이 있을 것 같지는 않았다. 당연한 일이겠지만, 최대한 외부에 드러나지 않도록 해놓은 것 같았다.

샬롯은 넘어지지 않게 조심조심 도랑을 넘었다. 혹시 들키지 않을까 걱정하며 길을 따라 세워놓은 울타리를 넘어 들판에 난 좁은 인도로 걸어갔다.

쓸데없는 걱정이었다.

"누구 없나요?" 여행자가 물었습니다.

없었다. 아무도 없었다.

"그들에게 전해주세요. 왔지만, 아무도 대답하지 않았다고. 하지만 약속은 지켰다고." 여행자가 말했다.

중요한 건 바로 그것이었다. 약속을 지키는 것. 간절히 기다리고 있을 사람들을 위해, 언제쯤 올까 노심초사 기다리고 있을 사람들을 위해.

그 사람들에겐 샬롯이 유일한 희망이었다.

"누구 없나요?" 여행자가 물었습니다.

아니, 이젠 아니었다. 사람이 아니더라도 그에 버금가는 뭔가 있는 게 분명했다. 바람을 타고 역겨운 냄새가 풍겨왔기 때문이다.

순간 코를 쥔 샬롯은 잠시 후 손을 떼고 깊이 숨을 들이마셨다. 그렇게 몇 번 반복하자 더 이상 악취가 느껴지지 않았다.

가만히 멈춰 서 있으니 멀리서 희미한 기계 소리가 들려왔다. 뚜렷이 들리진 않지만 깡깡대는 소리는…… 통조림이 분명했다. 움직이는 통조림들. 밀려오는 통조림들.

동시에 노랫소리도 들려왔다. 누군가 꼬인 발음으로 유행이 지난 노래를 중얼중얼 따라 부르고 있었다. 어느 순간 노래가 멈추더니 유리병 깨지는 소리가 났다. 텅 빈 쓰레기통에 술병 같은 것을 던져 넣은 모양이었다.

샬롯은 퍼갈의 편지를 떠올렸다. 아무래도 공장 감독이라는 레오나르도 밀러인 것 같았다. 위스키 한 병을 다 마신 후엔 꼭 던져서 깬다고 했으니까.

잠시 후 밀러 씨가 다시 사무실로 들어갔다. 울타리에 숨어 기다리고 있던 샬롯은 고개를 내밀어 앞을 내다보았다.

금세 쓰러질 듯한 건물 한 채가 철조망으로 둘러싸여 있었다. 편지에서 설명한 대로였다. 철조망 꼭대기에는 찢어진 천 조각 몇 개가 걸려 있었다. 아무래도 퍼갈의 옷인 것 같았다.

안쪽으로는 트럭 한 대와 운송 차량 한 대, 승용차 몇 대가 주차되어 있었다. 승용차들은 모두 번쩍번쩍하고 깨끗했다. 역시 딤블스미스 부부는 부자인 게 분명했다.

공장 건물 옆으로는 별장처럼 보이는 으리으리한 주택과 작은 오두막이 있었다. 딱 봐도 주택에는 딤블스미스 부부가, 오두막에는 공장 감독이란 사람이 사는 모양이었다.

좋아. 샬롯은 생각했다. 이젠 돌아갈 수도 없었다. 이미 여기까지 와버렸으니 말이다. 아무에게도 말하지 않고 왔다는 게 마음에 걸리긴 했다. 만약 돌아가지 못할 경우를 대비해서 어디로 가는지 알리고 올걸 그랬다는 생각이 들었다.

"왜 말을 안 듣니, 샬롯? 그게 네 문제점이야. 네 세상에서만 살고 있잖아. 그 외의 것들은 신경도 안 쓰고. 네 행동 하나가 가져올 여파에 대해선 전혀 생각 안 하지."

"그들에게 전해주세요. 왔지만, 아무도 대답하지 않았다고. 하지만 약속은 지켰다고." 여행자가 말했다.

점점 두려워지고 긴장되었다. 그래도 괜찮아. 차라리 긴장하는 게 좋은 거야. 샬롯은 스스로를 위안했다. 덤벙댈 일이 없어지잖아. 공포나 괴로움은 분명 즐겁고 유쾌한 감정은 아니다. 하지만 적어도 곳곳에 도사리고 있는 위험들을 인지하고 피할 수 있는 계기를 만들어준다.

그때 딤블스미스 씨가 나타났다. 공장에서 나와 주택을 향해 걸어가는 중이었다. 퍼갈이 편지에 묘사한 대로, 커다랗고 깔끔하고 인상 좋은 아저씨였다. 흰색 셔츠는 달빛을 받아 더욱 하얗게 빛났고, 옅은 색의 줄무늬 넥타이는 깃 아래로 단정하게 매여 있었다. 날씨가 이렇게 추운데도 코트를 입고 있지 않았다. 아마 집에 저녁을 먹으리 기는 길이겠지. 스토브로 데운 따뜻한 저녁식사를.

짧은 목줄을 단 개 두 마리도 함께 데려가고 있었는데, 어찌나 사납게 생겼는지 머리보다 이빨이, 이빨보다 다리 근육이 더 커 보였다. 침을 흘리며 딤블스미스 씨를 따라 걷는 걸 보니 개들 역시 저녁밥을 먹으러 가는 모양이었다. 하긴 여기서는 다른 건 몰라도 애견용 식품만큼은 남아돌겠지.

딤블스미스 씨가 집 안으로 들어가고 나자 공장 마당은 다시 정적에 휩싸였다. 기계 돌아가는 소리만이 희미하게 들려왔다.

샬롯은 딤블스미스 씨가 칼과 포크를 쥐고 자리에 앉아 식사를 시작할 때까지 기다렸다가 울타리에서 조심스럽게 기어나왔.

들어가려면 퍼갈이 했던 방법대로 철조망을 타고 넘는 수밖에 없었다. 샬롯은 찢어진 채 걸려 있는 옷 조각들을 힌트 삼아 가시를 피해가며 까지지 않게 무사히 철조망을 넘어 들어갔다.

이제 뭘 해야 하지?

샬롯은 그림자 속에 숨어 철조망을 따라 첫 번째 공장 건물에 도착했다. 문고리를 잡아당겨보았지만, 잠겨 있었다. 샬롯은 몸을 바싹 낮추고 바로 그다음 건물로 뛰어갔다.

창문은 모두 흰색 페인트로 칠해져 있었지만, 군데군데 벗겨진 부분이 보였다. 샬롯은 그중 하나를 통해 안을 들여다보았다.

조리실이었다. 역겨울 정도로 달짝지근한 냄새가 풍겨왔다. 깜박이는 형광등 아래에서, 아이들이 바닥에 설치된 거대한 분쇄기 속으로 찌꺼기 고기들을 퍼 넣고 있었다. 안전장치 같은 건 하나도 보이지 않았다. 잠깐 딴생각을 하거나, 실수로 발을 헛딛는 순간에는 저 고깃덩어리들과 함께 분쇄기에 떨어지게 되는 거다. 눈 깜짝할 사이 커다란 칼날들에 다져지고, 순식간에 개와 고양이 간식이 되어버리겠지.

샬롯은 또 다른 창문으로 옮겨 갔다. 겨우 동전만 한 크기의 구멍이었지만 안을 들여다보는 데는 문제가 없었다. 공장 감독의 사무실이었다. 위스키를 마시고 있는 밀러 씨가 보였다. 책상에 발을 올려놓고 고개를 뒤로 꺾은 채 병나발을 불고 있었다. 한 모금 꿀꺽 삼킨 밀러 씨는 위스키 병을 쿵 하고 내려놓더니 비틀비틀 일어나 감독하러 나갈 준비를 했다.

밀러 씨가 사무실에서 나가자, 샬롯은 창문에서 눈을 떼고 두 번째 건물의 문고리를 잡아당겼다. 역시 잠겨 있었다. 샬롯은 또 다른 건물로 가서 칠이 벗겨진 창문을 통해 안을 들여다보았다.

퍼갈!

퍼갈이었다.

컨베이어벨트 끝에 서서 한 번에 통조림을 두 개씩 집어 박스에 담고 있었다. 놀라운 광경이었다. 마치 기계나 로봇이라도 되는 것처럼, 일률적으로 박자에 맞춰 움직이고 있었다. 등 뒤에 태엽이나 전선이 없는 게 이상할 정도였다.

게다가 그렇게 많은 통조림들을 보긴 처음이었다. 은색 물고기 떼가 우르르 몰려오는 것 같았다.

"퍼갈!"

샬롯은 살짝 창문을 두드렸다. 하지만 들리지 않는 것 같았다. 컨베이어벨트 돌아가는 소리와 통조림 부딪치는 소리에 묻혀버린 게 분명했다.

조금 더 세게 두드려보았다. 이번에는 퍼갈이 고개를 들었다. 하지만 시선은 샬롯이 아닌 다른 쪽을 향하고 있었다.

밀러 씨가 포장실에 나타났다. 알코올 중독자인 공장 감독은 비틀거리는 발걸음으로 생산 라인에서 일하는 아이들에게 욕을 지껄이며 돌아다녔다. 겁에 질린 아이들은 피곤한 몸을 꾸역꾸역 움직이며 작업을 계속했다.

밀러 씨가 퍼갈 앞에 멈춰 섰다. 얼굴을 찌푸리고 트집 잡을 만한 구석이 없을까 요리조리 살피던 밀러 씨는 아무것도 찾을 수 없자 저주 섞인 몇 마디 말을 내뱉고는 자리를 옮겼다.

샬롯은 더 세게 창문을 두드렸다. 퍼갈이 어리둥절한 표정으로 주위를 둘러보았다. 샬롯이 있는 쪽도 바라보았지만, 금세 시선을 돌렸다. 안에서는 칠이 조금 벗겨진 흰색 창문으로밖에는 안 보이는 모양이었다.

안으로 들어가야 했다. 물론 문은 안에서 열 수 없게 만들어져 있겠지. 그게 아니라면 이미 오래전에 아이들이 탈출했을 테니까. 그렇다고 밖에서도 열 수 없는지는 모르는 일이었다. 일단 한번 시도해보아야 했다.

샬롯은 왔던 길을 되돌아갔다. 밀러 씨는 어느새 사무실에 돌아와 입에 위스키 병을 물고 의자에 퍼질러 앉아 있었다. 밀러 씨는 한 모금 꿀꺽 마시더니 금세 곯아떨어져 코를 골았다.

샬롯은 다시 한 번 두 번째 문을 열어보았다. 역시 잠겨 있었다. 샬롯은 벽에 붙어 시계 반대 방향으로 건물을 돌았다. 첫 번째 문에 거의 다다랐을 즈음, 아까는 보지 못하고 지나쳤던 문 하나가 눈에 들어왔다. 샬롯은 그림자 속에 숨어 있는 그 문에 다가가 문고리를 돌렸다.

돌아갔다. 끝까지 돌아갔다.

문이 열렸다.

그런데 안쪽에는 문고리가 없었다. 즉 안에서는 문을 열고 나올 수 없게 되어 있었다. 샬롯은 주위에서 커다란 돌 하나를 가져와 문가에 끼워놓았다.

됐다. 이제 앞으로 몇 발만 가면……

공장 안이다.

샬롯은 두근대는 심장을 진정시키려 크게 심호흡했다. 기계 소리가 더 크게 들려왔다. 포장실 가까이의 작은 복도였다. 샬롯은 신경을 곤두세우고 아주 천천히 숨죽여 걸어갔다.

밀러 씨가 깨어나면 어떡하지? 딤블스미스 부부가 벌써 식사를 마쳤으면? 개들을 풀어놓으면?

그때 벽에 전화기가 보였다. 마침 필요하던 것이었다. 샬롯은 편지에 쓰여 있던 퍼갈의 말을 떠올렸다. '절대, 절대 혼자 오지 마!'

하지만 지금 샬롯은 혼자였다. 게다가 더 끔찍한 것은 생각 없이 서두르기만 하는 바람에 어디에 간다는 기본 정보조차 남기지 못하고 왔다는 거였다.

'엄마, 아빠. 제가 여덟 시까지 돌아오지 않으면 어디 어디로 와서…….'

샬롯이 사라지고, 여태까지 했던 말이 거짓말이 아니었음을 깨달으면 어른들도 결국에는 찾으러 와줄 거다. 그러면 이 엽기적인 공장을 두 눈으로 보게 될 테고, 믿기 싫어도 믿을 수밖에 없겠지.

한번 전화해볼까?

샬롯은 전화기로 손을 뻗었다.

당장 누구에게든 알려야 한다. 이러다가 잡혀서 공장에서 일하게 되면 퍼갈이나 다른 아이들처럼, 아무 흔적 없이 행방불명되고 마는 거다. 아이들을 수집하는 '공장'이라는 이름의 통조림에 갇힌 통조림 수집가가 되고 마는 거다. 그리고 그 통조림은 아무도 열 수 없을 거다.

통조림, 통조림.

통조림 속의 또 다른 통조림.

샬롯은 수화기를 들고 집 전화번호에 손가락을 갖다 댔다.

그때, 목소리가 들려왔다. 뒤에 누군가 있었다. 샬롯은 빙그르르 돌아보았다. 혹시 밀러 씨? 아니, 아무도 없었다. 아무도 보이지 않았다. 목소리는 수화기에서 나오는 것이었다.

"이 주정뱅이 양반아, 뭔 일로 전화한 거야?"

딤블스미스 씨인 모양이었다. 치명적인 실수였다. 밖으로 통하는 전화기가 아니었다. 공장과 딤블스미스 씨 집을 연결하는 내선 전화였다.

"밀러? 밀러! 아직 저녁식사도 끝나지 않았어. 그 조금을 못 버티고……."

샬롯은 수화기를 제자리에 내려놓았다. 머리가 하얗게 비었다. 움직일 수도 없었다. 속이 울렁거렸다. 지금 무슨 짓을 한 것인가? 구조하러 왔다가 공장 안의 아이들과 똑같은 처지에 놓이게 생겼다. 퍼갈이 분명 경고했는데, 전혀 귀 기울이지 않고 멋대로 행동하다 함정에 빠지고 만 거다.

'무슨 일이 있든, 절대 혼자 오지는 마.'

그걸 무시하고 혼자 왔다. 지금쯤이면 딤블스미스 씨가 뭔가 수상한 기미를 알아챘을지도 모른다. '주정뱅이 밀러 자식을 확인하고 와야겠어' 하며 식탁에서 일어서고 있을 수도 있었다.

지금쯤 집에서 나와 공장 마당을 가로질러 오고 있겠지. 하얗게 빛나는 흰색 셔츠를 입고 뿌연 입김을 내뿜으며 공장으로 걸어오고 있겠지.

 빨리 움직여야 한다. 잡히면 끝이니까. 조금의 기회라도 남아 있을 때 얼른 행동해야 한다.

 하지만 몸이 마치 진흙탕에 빠진 것처럼 굳어 있었다.

 '빨리, 빨리, 샬롯, 빨리! 움직여, 움직여, 움직여!'

 한 걸음도 내딛기가 힘들었다. 두려움과 공포가 마치 모래주머니처럼 발에 잔뜩 매달려 있었다.

 이제 공장 건물에 거의 가까이 왔겠지. 주머니에서 열쇠 다발을 꺼내 자물쇠에 맞는 걸 찾고 있겠지…….

 마침내 샬롯은 발에 엉겨 붙어 있던 공포를 떨쳐낼 수 있었다. 샬롯은 달렸다. 전속력으로 달려가 복도 끝의 문을 벌컥 열었다.

 "퍼갈! 퍼갈! 퍼갈! 나야! 뒷문이 열렸어! 지금 가면 탈출할 수 있어! 빨리! 지금이야! 뛰어, 뛰어, 뛰어!"

 퍼갈은 풀린 눈으로 샬롯을 멍하니 바라보았다. 제대로 알아보지도 못하는 것 같았다. 그저 계속해서 통조림들을 박스에 담을 뿐이었다.

 "퍼갈!"

 반응이 없었다. 통조림 포장만 할 뿐이었다. 다른 것은 하기 싫은 것처럼 보였다. 마치 이 기계들의, 생산 라인의 일부가 되어버린 것 같았다. 어디에서도 생명력을 찾아볼 수 없었다. 하고 싶은 것, 되고 싶은 게 전혀 없는 듯했다. 세상의 중심은 통조림이었다. 통조림, 통조림, 통조림.

"퍼갈!"

샬롯은 퍼갈에게 다가가 어깨를 잡고 세게 흔들었다.

"퍼갈! 나야, 정신 차려! 지금 가야 해! 지금 당장! 빨리!"

퍼갈이 손동작을 멈추었다.

통조림 하나가 바닥에 떨어졌다. 그리고 또 하나, 또 하나가.

일하고 있던 다른 아이들이 하나 둘 고개를 들기 시작했다.

또 하나가 떨어졌다. 또, 또.

"샬롯?"

"그래, 퍼갈! 가야 해, 지금!"

"그런데…… 그런데 통조림들이…….'

통조림들이 빛을 받으며 바닥으로 우수수 떨어졌다. 마치 작은 나이아가라 폭포를 보는 것 같았다. 다른 아이들도 작업을 멈추었다. 박스 담당도, 테이프 담당도 모두 멈추었다. 통조림들은 계속해서 비 내리듯 쏟아졌다.

아무도 움직이지 않았다. 통조림을 집어 들거나, 뒤처진 것을 따라잡으려고 기를 쓰는 아이도 없었다. 그냥 떨어지는 것을 보고만 있었다.

텅, 텅, 텅. 바닥에 떨어진 통조림들이 다른 곳으로 굴러 흩어져 갔다.

"샬롯……."

"퍼갈…… 도망쳐야 해."

"왔구나…….'

"편지를 봤어."

"그래, 그럴 줄 알았어. 그런데……."

"빨리 가야 해. 지금쯤 알아챘을 거야. 오고 있을 거라고."

"혼자 온 거야?"

"어. 혼자 왔어……."

"어디 가는지는 말하고 왔지? 쪽지를 남겼다거나……?"

"아니."

샬롯의 얼굴이 달아올랐다.

"말하려 했는데, 아무도 안 믿었어. 어린애가 하는 말이라고 아무도 안 믿었어. 아무도!"

그때 딤블스미스 씨의 목소리가 공장 건물 안에서 왕왕 울려왔다.

"밀러! 어디 있어, 이 썩을 양반아! 멍청한 알코올 중독자 같으니!"

기계 돌아가는 소음을 뚫고 선명히 들릴 정도로 큰 목소리였다.

"이쪽으로 오고 있나 봐."

"빨리 가자."

텅, 텅, 텅, 텅.

생산 라인의 기계들은 여전히 작동하고 있었다. 컨베이어벨트가 계속해서 돌아갔고, 통조림들이 작은 폭탄들처럼 바닥으로 투하되었다.

안젤로와 사비에르가 퍼갈과 샬롯을 어리둥절한 표정으로 번갈아 보았다. DS가 점점 가까이 오는 게 느껴졌다. 바닥의 통조림들을 보면 화를 낼 거다. 하지만 퍼갈은 그것들을 줍지 않았다. 뒤처진 것을 따라잡으려고 애쓰지도 않았다. 다른 아이들도 마찬가지였다.

놔두자.

떨어지도록 놔두자.

텅, 텅, 마음껏 떨어지도록 놔두자. 생산 라인이 멈출 때까지. 이 로봇들과 좀비들이 다시 인간으로 돌아올 때까지.

놔두자.

텅, 텅, 텅, 텅.

마음껏 떨어져서 굴러라.

안젤로, 사비에르 형제의 눈에 생기가 돌기 시작했다. 한동안 잊고 있었던 집에서의 추억, 가족과의 추억이 새록새록 떠올랐다. 왜 우리가 이 통조림과 기계의 세상에서 살아야 하는 거지? 도대체 누가 우리에게 이렇게 명령을 내리고 통제를 하는 거지?

여태 아이들을 지배해온 것은 인간이 아니었다. 죽어 있는 통조림들이었다.

"뭣들 하는 거야?"

딤블스미스 씨가 시뻘건 얼굴로 문가에 서 있었다. 손에는 지팡이를 쥐고 있었는데, 걸을 때 쓸 용도는 아닌 듯했다.

눈사람 얼굴에 박아놓은 콩알처럼 쑥 들어간 눈을 한 딤블스미스 부인이 그 뒤에서 입술을 앙다문 채 아이들을 쏘아보고 있었다.

"너! 넌 뭐야?"

텅, 텅, 텅, 텅. 통조림들이 끊임없이 떨어졌다. 기계들은 상황을 인식하지 못했다. 왼손이 하는 일을 오른손이 모르듯이. 마치 자기가 죽은 줄도 모르고 뛰어다니는 머리 잘린 닭 같았다.

"뒷문." 샬롯이 퍼갈에게 속삭였다. "열어놨어."

"알았어. 안젤로…… 사비에르……."

퍼갈은 조용히 둘을 불렀다. 더 이상 말할 필요도 없었다. 눈짓으로 서로에게 신호를 보냈다. 셋, 둘, 하나. 아이들은 일제히 뛰기 시작했다.

"너! 쟤네 잡아! 돌아와!"

님블스미스 부부가 통조림 폭포를 헤치며 육중한 몸을 이끌고 따라왔다. 두 어른이 통조림들 사이에서 비틀거리며 어쩔 줄 몰라 하고 있을 때, 샬롯과 남자애 셋은 포장실을 가볍게 달렸다. 그들은 더 이상 기계가 아니었다. 아이들은 굴러다니는 통조림을 피하며 폴짝 폴짝 뛰어 복도로 이어진 문을 향해 갔다.

그때 은색의 무언가가 퍼갈의 귀를 스쳐 지나갔다. 딤블스미스 씨가 던진 통조림이었다. 두 개, 세 개, 마침내 네 번째 던진 것이 퍼갈의 등을 정통으로 맞혔다.

"아!"

아팠다. 하지만 퍼갈은 멈추지 않았다.

샬롯이 복도로 가는 문을 활짝 열었다. 퍼갈과 안젤로, 사비에르가 밖으로 나왔다. 샬롯은 얼른 문을 쾅 닫아버렸다.

안젤로가 샬롯을 바라보았다.

"다른 애들은, 다른 애들은 어떡해?"

"다시 돌아올 거야, 안젤로. 일단 지금은 도움을 요청하러 가야 해."

안쪽에서 통조림들이 날아와 부딪히는 소리가 났다. 딤블스미스 씨가 계속 던지고 있는 모양이었다.

"당장 돌아오지 못해, 이 쪼끄만…… 죽을 줄 알아. 다 죽을 줄 알아……."

발을 헛디딘 딤블스미스 부인이 남편의 옷자락을 잡았다.

"뭐 하는 거야, 이 여편네가! 지금이 무슨 발레 하는 시간이야! 쟤네를 잡아야 한다고! 빨리!"

잠시 후 부부가 문을 열고 복도로 나왔다.

아이들은 달렸다. 복도 끝에 밖으로 통하는 탈출구가 있었다. 샬롯이 문가에 끼워놓은 돌은 아직 그 자리에 있었다.

통조림 하나가 날아와 퍼갈 앞에 떨어졌다. 퍼갈은 바로 그것을 집어 들어 딤블스미스 부부 쪽으로 도로 던졌다.

"아아아악! 내 정강이!"

뒤쪽에서 딤블스미스 부인의 목소리가 들려왔다.

하지만 이제는 둘에게도 속력이 붙고 있었다. 마치 뒤에서 마귀들의 응원이라도 받고 있는 듯, 부부는 빠르게 돌진해 왔다. 먹잇감을 찾은 늑대처럼 한발 한발 가까워졌다. 헐떡거리고 으르렁거리는 소리가 아이들의 귓가에 선명히 들려왔다.

"빨리, 가! 가, 가, 가!"

안젤로가 먼저 나가고, 그 뒤를 사비에르와 퍼갈이 따랐다.

샬롯이 마지막 주자였다. 샬롯은 나오면서 문가에 끼워놓았던 돌을 발로 찼다.

그런데 돌이 움직이지 않았다. 아예 끼어버린 것 같았다.

샬롯은 쭈그려 앉아 자갈을 빼내려고 낑낑댔다. 그 순간……

손 하나가 문 틈새로 불쑥 나와 샬롯의 손목을 잡았다.

손가락 하나가 없는 손이었다.

"뭐 하는 짓이야!" 딤블스미스 씨가 씩씩댔다. "돌 빼기만 해봐."

세 손가락과 엄지가 샬롯의 손목을 단단히 조여왔다. 손가락이 온전히 붙어 있었다면, 빠져나올 수 없었을지도 모른다. 하지만 세 개뿐이었다. 샬롯은 잡히지 않은 쪽 손으로 주먹을 쥐어 딤블스미스 씨의 손가락 마디를 쳐냈다.

하나.

"악!"

둘.

"아얏!"

셋.

"이 망할 계집애!"

딤블스미스 씨의 손이 샬롯의 손목을 놓치고 말았다.

샬롯은 두 손으로 돌을 잡고 있는 힘껏, 온몸의 무게를 실어 잡아당겼다. 한참을 버티던 돌이 마침내 빠져나왔고 동시에 다행히도……

문이 닫혔다.

정확한 타이밍이었다. 안쪽에서 딤블스미스 씨가 주먹으로 문을 치며 울부짖었다.

"열어! 열란 말이야!"

"소용없어. 안쪽에선 안 열리게 돼 있잖아!"

부인이 톡 쏘는 목소리로 남편에게 상기시켰다.

밖으로 나온 퍼갈은 차갑고 신선한 밤공기를 들이마시며 오랜만에 느끼는 자유를 만끽했다.

"아직 끝난 게 아냐." 샬롯이 말했다.

아이들은 울타리를 향해 달렸다. 철조망을 기어올랐다. 살갗이 긁히고 찢어졌지만, 전혀 아프지 않았다. 아이들은 철조망을 넘어 바깥쪽 바닥에 안전하게 착지했다.

뒤에서 개들이 미친 듯이 짖어댔다.

"이제 어디로 가지?"

"마을로. 우릴 다 잡진 못할 거야. 적어도 네 명 중에 한 명은 도착할 수 있겠지."

아이들은 계속해서 달렸다. 달빛을 받으며, 진흙탕을 헤치고, 마을로, 등대처럼 아늑하게 빛나고 있는 빨간색 공중전화 부스로.

뒤는 돌아보지 않았다. 무엇이 있을지 누가 알겠는가? 바로 몇 걸음 뒤에 딤블스미스 씨가 따라오고 있을 수도 있고, 통조림의 홍수가 해변의 파도처럼 밀려오고 있을 수도 있었다.

아이들은 마치 공중전화 부스가 세상에서 가장 안전한 곳인 듯 꾸역꾸역 들어가 문을 닫았다.

"동전 없지?" 샬롯이 말했다.

"수신자 부담으로 해." 퍼갈이 말했다. "아니면 긴급통화로 하든가. 그건 돈 안 내도 돼."

샬롯이 퍼갈을 바라보았다.

"가끔씩은 참 머리가 좋은 것 같단 말이야. 아무 생각 없이 여기에 혼자 온 것만 빼면."

"네가 그런 말을 하면 안 되지! 그래도 네가 와서 다행이야." 퍼갈이 덧붙였다. "고마워, 샬롯."

"천만에." 샬롯이 말했다. "이제 전화하자. 일단 집에 먼저 거는 게 좋겠어."

샬롯은 100번을 눌렀다. 교환원이 전화를 받았다. 샬롯은 집으로 수신자 부담 전화를 걸고 싶다고 말했다.

교환원이 집으로 전화를 연결했다. 페티그루 씨가 받았다.

"따님 되시는 분이 수신자 부담 전화를 신청하셨네요. 받으······."

"네, 네, 당장요!"

페티그루 씨가 교환원의 말을 끊으며 소리쳤다.

"잠시만 기다리세요."

"샬롯, 너니? 어디 갔어? 뭘 하고 돌아다닌 거야? 지금 엄마가 아주 미치려고 그래. 저녁식사도 제대로 못 했어. 괜찮은 거니? 어디 있어?"

샬롯은 웃어야 할지 울어야 할지 알 수 없었다.

"아빠······ 아빠, 나 괜찮아. 괜찮아. 나, 지금 퍼갈이랑 있어."

"뭐? 어디……."

"아빠, 지금 도움이 필요해. 우릴 믿어줄 사람이 필요해."

잠시 수화기 너머로 정적이 흘렀다. 마침내 페티그루 씨가 입을 열었다.

"그래, 샬롯. 말해봐."

"믿을 거야?"

"믿을게."

페티그루 씨는 딸의 말을 정말로 믿어주었다.

하긴 다른 수가 없었다.

18장
사라진 딤블스미스 부부

그 후로 딤블스미스 부부를 영영 볼 수 없었다.

물론 아무것도 모른 채 술에 취해 사무실에서 자고 있던 레오나르도 밀러 씨는 금방 잡혔다. 경찰은 결백을 주장하며 모두 딤블스미스 부부의 잘못이라고 우기는 밀러 씨의 손목에 수갑을 채워 경찰서로 연행했다.

딤블스미스 부부는 대체 어디 있는 걸까?

차들은 모두 그대로 주차되어 있었고, 출입구는 안쪽으로 단단히 잠겨 있었다. 자물쇠를 끊기 위해 펜치까지 동원해야 했다.

공장 안으로 뛰어 들어간 경찰들이 발견한 것은 여전히 돌아가고 있는 기계들과 삐쩍 마른 아이들이었다.

라벨과 고기가 다 떨어졌는데도, 밀봉 기계는 속에 공기밖에 들어 있지 않은 통조림들 위에 계속해서 뚜껑을 씌웠다. 그나마도 곧 진공 상태가 되어 결국엔 정말 말 그대로 '텅 빈' 통조림이 되어버렸지만.

경찰들은 빨간색 버튼을 눌러 모든 기계를 비상 종료시켰다.

열린 문으로 바람이 새어 들어오자 통로에 세워져 있던 빈 깡통 하나가 쓰러졌다. 요란한 소리를 내며 데굴데굴 굴러가던 통조림은 한 경찰의 발치에 부딪히며 멈췄다. 경찰이 허리를 굽혀 통조림을 들어 올리자, 마침내 정적이 찾아왔다. 통조림들이 움직임을 멈추었다. 전사한 군인들처럼 바닥에 가만히 널브러져 있었다.

퍼갈은 부모님과 다시 만났다. 밤필드 부인은 너무 반가운 나머지 야단부터 치기 시작했다.

"그렇게 통조림을 모아대더니, 결국엔 이런 상황까지 만들고! 평생 노예처럼 살 뻔했잖니!"

잠시 흥분을 가라앉힌 부인은 곧 평정을 되찾았다.

"다른 취미를 가졌으면 좋겠구나, 퍼갈. 더 안전한 취미가 있을 거야. 차라리 번지점프나 행글라이더 같은 게 통조림 수집보다는 덜 위험할 것 같구나."

하지만 만약 퍼갈이 통조림을 모으지 않았다면, 공장에서 일하던 아이들은 지금쯤 어떻게 되었을까? 퍼갈과 샬롯의 별난 취미가 아니었다면, 이 아이들은 과연 공장에서 구조될 수 있었을까?

아이들은 모두 공장을 떠나 어른들의 보살핌을 받게 되었다. 부모가 있는 아이들은 집으로 보내졌고, 고아들은 먼 친척들에게 맡겨졌다. 공장은 문을 닫았다.

딤블스미스 부부는 끝까지 나타나지 않았다. 어떻게 도망갔는지, 어디로 갔는지는 아무도 몰랐다.

퍼갈은 통조림 수집을 그만두었다.
"이젠 별 의미가 없어. 모을 건 다 모은 것 같아. 통조림으로 이렇게 대단한 경험을 한 사람이 우리 말고 또 있겠어? 이번엔 정말 복권 당첨된 거나 다름없었어. 그런데 설마 또 당첨될 일이 있겠어?"
"맞아. 설마 통조림에서 손가락이 나올 일이 또 있겠어?"
"아니면 귀나."
"아니면 귀걸이나 반지?"
"아니면 '살려주세요'라고 쓰여 있는 쪽지?"
"아니면 라벨 뒷면에 쓴 편지?"
"그래." 퍼갈이 말했다. "내가 절대 혼자 오지 말라고 썼는데."
샬롯이 얼굴을 붉혔다.
"아, 그거야…… 살다 보면 충동적으로 행동할 때도 있는 거지. 어쨌든 잘 끝났잖아."
레스토랑에서 샬롯과 퍼갈의 부모님이 식사를 즐기며 열심히 수다를 떠는 동안, 아이들은 끝자리에 마주 보고 앉아 피자를 먹었다.
"음." 퍼갈이 말했다. "그럼 이제 뭘 하지? 병을 모아볼까?"
샬롯이 고개를 저었다.
"아니. 병은 좀 그래. 안에 뭐가 들어 있는지 빤히 보이잖아."
"그렇지. 그럼 다른 게 뭐가 있지?"

웨이터가 다가와 빈 접시를 가져갔다.

디저트를 주문할 때가 되자, 퍼갈은 몸을 살짝 숙여 속삭였다.

"그런데 샬롯……."

"응?"

"딤블스미스 부부는 어떻게 됐을 것 같아?"

샬롯은 얼굴을 찌푸렸다. 마침 똑같은 것을 생각하던 참이었다.

"별로 말하기 싫어. 그런데 왜?"

"그냥 궁금해서."

"뭐가?"

"거기 아이들 말이야…… 우리가 다시 공장에 돌아갔을 때…… 경찰들 데리고 다시 갔을 때."

"그게 왜?"

"걔네들이 너무 조용하고 침착하더라고…… 그냥 앉아서 기계 돌아가는 거 보고 있었잖아…… 분쇄기도 돌아가고 있었고……."

"어, 그랬지. 그런데?"

"뭔가 알고 있는 것 같았어."

"예를 들면?"

"딤블스미스 부부의 행방 말이야."

"그러니까 예를 들어 어디?"

"예를 들어……."

퍼갈은 말끝을 흐렸다. 입 안이 바짝 타들어갔다. 퍼갈은 콜라를 한 모금 마시고 말을 이었다.

"예를 들어 분쇄기라든가."

"분쇄기?"

"어. 생각해봐. 바닥에 통조림들이 널려 있었잖아. 우리 잡으려고 뛰어가다가 굴러다니던 통조림에……."

"통조림에?"

"발이 걸리거나, 미끄러지거나……."

"넘어지거나. 아니면…… 떠밀렸을 수도……."

"그런 소린 안 했어."

"나도 안 했는데."

"방금 네가 말했잖아."

"그냥 혹시…… 그럴 수도 있다는 거지."

"뭐, 그것도 가능하긴 해. 미움을 받아도 싼 부부니까. 아니, 그러니까 정말 아이들이 밀었다는 건 아니지만. 뭐 어쨌든 분쇄기에 떨어진 것 같다는 말이야."

"분쇄기에 들어간 것 같다고?"

"응."

"그럼 어떻게 되지?"

이번에는 퍼갈이 얼굴을 찌푸렸다.

"너도 알잖아, 샬롯. 생산 라인 끝에 뭐가 있지?"

"통조림?"

"맞아, 통조림."

"딤블스미스 부부가?"

"그렇지."

"통조림 안에?"

"음……."

디저트 메뉴판이 나왔다. 잠시 정적이 흘렀다. 이내 퍼갈이 말했다.

"말해볼까?"

"누구한테?"

"경찰."

"그럼 어떻게 되는데?"

"통조림들을 열어 조사하겠지."

샬롯은 눈살을 찌푸리며 고개를 저었다.

"안 돼. 증거가 없잖아. 우리가 뭘 말하든 안 믿을 거야."

"왜?"

샬롯은 한숨을 쉬었다.

"우린 아직 어린애들이니까. 애들이 하는 얘기는 아무도 안 믿어. 그 추측이 정말 맞는지도 확실치 않고. 도망갔을 수도 있잖아."

"뭐, 어쨌든 다시는 안 봤으면 좋겠다."

"나도."

"살아서든, 아니면 통……."

"뭐? 뭐라고 그랬어?"

"아냐, 샬롯."

그때 페티그루 씨가 둘 쪽으로 고개를 숙이며 말했다.

"얘들아, 푸딩 정했니?"

"난 아이스크림 푸딩 먹을래." 샬롯이 말했다.

"저도요." 퍼갈이 말했다. "듬뿍 올린 걸로요."

웨이터가 돌아와 주문을 받았다. 밤필드 부인은 바노피 파이와 복숭아 멜바(아이스크림 위에 복숭아 설탕 조림을 얹은 디저트:옮긴이) 중에서 뭘 먹을지 고르지 못하고 고민하고 있었다.

"여기 복숭아 멜바는 생복숭아인가요, 통조림 복숭아인가요?"

"당연히 생복숭아죠, 부인!"

웨이터가 살짝 자존심이 상한 듯 말했다.

"저희 가게에서는 항상 최고 품질의 재료만 사용합니다."

"좋아요. 그럼 복숭아 멜바로 할게요. 그냥 혹시나 해서 물어본 거예요. 통조림 복숭아일까 봐."

"탁월한 선택이십니다, 부인."

웨이터는 주문서를 들고 자리를 떴다.

"내 생각엔 말이야."

디저트를 기다리는 동안 퍼갈이 샬롯에게 말했다.

"이제 시간도 많고, 통조림 수집도 그만뒀고, 유리병 수집은 재미없을 것 같으니까, 스케이트를 배워보는 건 어떨까?"

"스케이트?"

"토요일 아침에 마트에 가는 대신 스케이트장에 가는 거야. 네 생각은 어때?"

"좋지. 꼭 타보고 싶었는데." 샬롯이 말했다. "재미있을까?"

"내 생각엔."

"통조림처럼…… 모험적이거나 그러진 않겠지?"

잠시 고민하던 퍼갈은 이내 활짝 웃었다.

"누가 알겠어? 뭐가 어떻게 될지는 아무도 모르지."

"그래. 모르는 일이지."

샬롯도 동의했다.

얼마 후 아이스크림 푸딩과 복숭아 멜바가 나왔다. 밤필드 부인은 복숭아가 웨이터의 말대로 최고 품질의 신선한 복숭아임을 확인하고 기뻐했다.

그건 분명 통조림에 든 게 아니었다. 그동안 모아왔던 통조림들을 떠올리며 퍼갈은 생각했다. 모르는 게 약이라는 속담이 있지 않던가. 몇몇 통조림의 내용물은 사람들에게 환영받지 못한다. 그런 것들은 열지 않고 그대로 두는 게 더 낫다.

특히 라벨이 없는 통조림이라면 더더욱. 열기 전까지는 뭐가 들어 있는지 아무도 모른다. 인생도 이와 비슷한 게 아닐까. 무엇을 품고 있는지는 직접 보기 전엔 아무도 모르니까.

아이러니한 것은, 텅 비고 가벼워 보이는 통조림, 아니 인생의 속에는……

차고 넘칠 정도의 모험과 이야기가 담겨 있을 수 있다는 것이다.

예상치 못한 놀라움들이.

에필로그

공장은 문을 닫았고, 기계들은 분해되고 건물은 철거되었다. 통조림들은 가득 찬 것이든 텅 빈 것이든 모두 고물상이 가져가 처리하는 것으로 결정되었다.

하지만 통조림들은 결국 분리 수거되지 못했다. 마치 까치처럼 반짝이는 은색의 뭔가만 보면 정신을 못 차리는 구두쇠 고물상 체스터 해겟이 이걸로 돈벌이 좀 해봐야겠다고 생각했기 때문이다.

해겟은 시골에 있는 작은 집으로 통조림을 모두 가져가서 마당에 죽 늘어놓고 빈 것과 멀쩡한 것을 분류했다. 빈 통조림들은 언젠가 쓸 날이 올 거라 생각하며 창고에 넣었고, 나머지 속이 찬 것들은 따로 모아두었다. 그러고는 친구에게 전화를 걸었다.

"소저?" 해겟이 말했다. "너냐?"

"뭐야?" 소저가 대답했다. "넌 누군데?"

"나야, 체스터."

경찰이나 공정거래위원회가 아니라는 걸 깨달은 소저의 목소리가 한층 부드러워졌다.

"무슨 일이야?"

"너네 가게 말이야." 해겟이 말했다.

"그게 왜?"

"애완동물 먹이도 파냐?"

"다 팔지." 소저가 말했다. "왜?"

"싸게 나온 물건이 있거든. 애완동물 간식 통조림이 아주 싸게 잔뜩 나왔어. 그런데 라벨이 없어. 라벨은 네가 찍어서 붙여야 할 거야. 뭐, 대신 그만큼 값을 깎아줄게. 어때?"

잠시 동안의 실랑이 끝에 거래가 성사되었다.

소저가 통조림을 가지러 해겟의 집으로 왔다. 일단 어떤 것인지 보기 위해 통조림 하나를 열어보았다.

"좀 역한데." 소저가 코를 틀어막으며 말했다.

"네가 먹는 건 아니잖아." 해겟이 상기시켰다. "애완동물용이라고."

"무슨 동물? 개 아니면 고양이?"

"상관없지. 개네가 뭐 신경이나 쓰겠어? 고양이용이라고 안 먹을 개는 없을 것 같은데. 그 반대도 마찬가지고."

"하긴."

소저는 고개를 끄덕인 뒤 주머니에서 고무줄로 묶어놓은 지폐 다

발을 꺼냈다.

"현금으로 줄까?"

"나야 좋지."

이렇게 해서 통조림들은 소저의 밴에 실리게 되었다. 출발 직전, 소저는 창가에 팔을 걸치고 바깥쪽으로 몸을 숙이며 말했다.

"생각해봤는데, 반은 개용, 반은 고양이용이라고 라벨을 뽑아야 할까 봐."

그러고는 덧붙였다.

"처음엔 '고품질 소가슴살'이라고 붙여볼까 했는데, 그건 좀 신한 것 같아서."

"그러다 큰일 나. 잘못해서 사람 죽일 일 있어?"

해겟은 잘 가라는 의미로 밴을 가볍게 두드렸다.

집으로 돌아온 소저는 가정용 컴퓨터로 라벨을 인쇄해 아내에게 일일이 통조림에 붙이라고 시켰다. 그런 뒤 일부는 가게에 갖다놓고, 일부는 자동차 트렁크에 싣고 돌아다니며 팔았다.

소저는 넓은 판자에 '최고 품질의 애완동물 식품'이라고 써서 내걸었다. '특별세일 중'.

어느 일요일 아침, 밤필드 씨가 우연히 소저의 밴 앞을 지나게 되었다. 낡은 골프채를 팔려고 중고시장에 내놓았는데, 오늘에야 괜찮은 값을 쳐준다는 사람이 나타났다. 그래서 골프채를 넘겨주고, 돈을 벌었으니 뭐 살 게 없을까 하며 돌아다니던 중이었다.

'최고 품질의 애완동물 식품'.

게다가 세일까지 하다니.

밤필드 씨는 앵거스에게 줄 통조림 몇 개를 샀다. 가끔은 이런 특별 간식도 필요하니까.

밤필드 씨는 바로 집으로 돌아왔다.

"앵거스 먹을 거 사 왔어. 특별세일가에 팔고 있더라고."

밤필드 부인은 남편의 손에 들려 있는 통조림 세 개를 수상하다는 눈초리로 바라보았다.

"내 건 뭐 없어요?"

"고양이 간식 먹고 싶어?"

그날 밤필드 부인은 남편에게 한마디도 하지 않았다. 내내 정원에서 잡초만 솎아냈다.

퍼갈은 샬롯과 친구 몇 명과 함께 영화관에 가고 없었다. 공장 탈출기가 방송에 나간 뒤로 아이들 사이에서 화제가 된 모양이었다.

부엌에서 차를 만들고 있는데, 앵거스가 안으로 들어와 밤필드 씨의 다리에 얼굴을 비비며 먹을 것을 달라고 갸르릉댔다.

"그래, 앵거스."

밤필드 씨는 미소를 지었다.

"그래, 그래. 배고프지?"

밤필드 씨는 새로 사 온 통조림을 찬장에서 꺼내 뚜껑을 열고 안에 담긴 것을 앵거스의 밥그릇에 털어넣었다. 그러는 동안 앵거스는 초조하게 야옹거렸다.

앵거스용 포크로 간식을 휘휘 저어 뭉친 것을 풀고 있을 때였다. 뭔가가 눈에 띄었다. 고기 사이에 뭔가가 있었다.

밤필드 씨는 그걸 꺼내어 자세히 살펴보았다.

발톱이었다.

커다란 발톱.

왜 이런 게 들어 있지? 이런 혐오스러운 게 어떻게 통조림에 담겨 있지? 발톱이라니. 애완동물 식품 통조림에. 게다가 사람의 발톱처럼 생기기까지 했다.

이걸 앵거스한테 줄 수는 없었다.

밤필드 씨는 그릇을 비우고 대신에 정어리 몇 조각을 썰어 앵거스에게 줬다. 그럼 그렇지, 싼 게 비지떡이라더니. 돈만 낭비했네. 밤필드 씨는 통조림 세 개를 모두 쓰레기통에 집어넣었다.

그래도 앵거스가 먹기 전에 미리 찾아내서 다행이다. 하마터면 앵거스 목에 걸려 질식사할 뻔했다.

위험해, 이건.

정말로.

잘못하면 죽을 수도 있어.

옮긴이의 말

라벨 없는 통조림을 둘러싼 모험

 1804년 나폴레옹 전쟁 때, 전투 중인 병사들에게 식량을 효율적으로 보급하기 위해 고안된 용기가 통조림(정확히 말하면 병조림)이다. 지금의 통조림과 같은 금속 용기는 그로부터 6년 뒤 영국에서 만들어졌다. 아마 쇠, 차가움, 딱딱함 등의 이미지는 그때부터 형성된 것이 아닌가 싶다.
 이 작품에서 일상은 하나의 거대한 통조림이다. 그 안에 퍼갈과 샬롯, 그리고 우리가 살아가고 있다. 활발하게 움직이고, 이리저리 굴러다니며 벽과 바닥에 부딪히지만 여전히 통조림의 내부일 뿐이다. 퍼갈의 별난 행동을 무조건 천재성으로 연결 지으려는 밤필드 부인, 쇼핑과 골프에 중독된 어른들 역시 모두 통조림 안의 옥수수, 참치, 파인애플들이다. 그들은 부패할 수 없는 밀폐용기 속에서 안락하고 편안하게 살아간다.

그러던 어느 날, 알렉스 쉬어러의 기발한 상상력이 유통시킨 정체를 알 수 없는 통조림 하나가 퍼갈의 손에 들어온다. 진정한 통조림 수집가 특유의 관찰력과 직감으로 느낀 심상치 않은 기운 뒤에 숨겨져 있던 것은 바로 잘린 손가락 하나. 통조림을 따는 순간 진공상태가 풀리며 통조림 속으로, 동시에 퍼갈을 가두고 있던 불투명한 양철 용기 속으로 신선한 바깥 공기가 밀려 들어온다. 무균상태이던 퍼갈의 일상에 이때부터 여러 변화가 생기기 시작한다.

마트에서 만난 동료 수집가 샬롯이 그 변화들 중 하나다. 외톨이로 지내던 퍼갈에게 처음으로 친구가 생긴 것이다. 둘은 같은 취미에 관해 이야기를 나누고 함께 놀러 다니며 생기를 찾기 시작한다. 어른들의 걱정에도 아랑곳없이, 두 아이는 라벨 없는 통조림에서 나온 흥미로운 전리품(?)들 뒤에 숨겨져 있을 이야기의 실마리를 찾아 온갖 마트를 헤매고 다닌다.

손가락, 귀걸이, 귀, 반지, 그리고 '살려주세요'라고 적힌 쪽지의 근원지는 시골 으슥한 곳의 불법 통조림 공장이다.

아동 착취를 일삼는 그 공장의 주인, 딤블스미스 부부는 어쩌면 어른들을, 이 사회를 대표하는 상징으로 볼 수도 있겠다. 그들은 통조림이라는 편견을 만드는 사회라는 공장 속에 아이들을(우리를) 가둔다. 하지만 퍼갈과 샬롯은 그런 통조림들을 하나하나 열어 아이들을 구하고 결국 공장을 무너뜨린다. 어른들의 도움 없이 그들만의 힘으로 승리한 것이다.

혹시 지금 나를 가두고 있는 통조림은 없는가? 이 책이 그 통조림을 열 수 있는 실마리가 되기를 바란다. 고정관념을 깨고 산소를 만나 신선한 부패가 시작되기를.

2011년 가을
정현정